Geschlossene Gesellschaft

Die besten Geschichten
aus dem **Maxi**-Literaturwettbewerb 2006

Mit freundlicher Unterstützung von Books On Demand (BoD)

JURY DES MAXI-LITERATURWETTBEWERBS 2006:

DIE SCHRIFTSTELLER
SIBYLLE BERG (U. A. „HABE ICH DIR EIGENTLICH SCHON
ERZÄHLT. EIN MÄRCHEN FÜR ALLE", „ENDE GUT")
ALEXA HENNIG VON LANGE (U. A. „ERSTE LIEBE",
„WARUM SO TRAURIG?")"
JÖRG THADEUSZ („RETTE MICH EIN BISSCHEN.
EIN SANITÄTER-ROMAN", ALLES SCHÖN")

IMPRESSUM
UMSCHLAGFOTO: PETRA WARRAS
LAYOUT: CLAUDIA BEHRENS
REDAKTION: SONJA BAULIG
SCHLUSSREDAKTION: ANKE TAUBITZ
PRODUKTION: RAINER NEUMANN
HERSTELLUNG: BOOKS ON DEMAND GMBH

ISBN 13: 978-3-8334-6894-0
8,90 €

Inhalt

Katharina Bendixen
„Buchmülltonnendaseinshasserinnen ...“   9

Tobias Sommer
„Hundstage“   19

Gundula Thors
„Lichtschutzfaktor“   25

Daniel Mylow
„Das Gedächtnis des Wassers“   31

Kathrin Stehle
„Spuren im Schnee“   39

Cornelia Lotter
„Scherben“   53

Andreas Kurz
„Zu wenig zu viel“   59

Wiebke Eymess
„Federvieh“   67

Walter Landin
„Verbissen" 77

Karla Ernst
„Himmelmaler" 85

Martin Sarmiento Vega
„You are welcome" 91

Alexandra Steffes
„Konfirmiert" 97

Marion Boginski
**„Friedrich der Zweite und seine
preußische Pünktlichkeit"** 111

Ingeborg Struckmeyer
„Vierundzwanzig Stunden bis zum …" 119

Amber Rusalka Reh
„Brieffreunde" 129

Vorwort

Die Postberge türmten sich in der Redaktion.
Gut 1000 Leserinnen und Leser schickten
uns Manuskripte zum Thema „Geschlossene Gesellschaft",
dem Motto unseres sechsten Literaturwettbewerbs.
Viele Teilnehmer haben bereits Texte
veröffentlicht, Preise und Stipendien gewonnen.
Unsere Jury, die bekannten Autoren Sibylle Berg, Alexa
Hennig von Lange und Jörg Thadeusz,
war von der Qualität der Beiträge begeistert.
Jörg Thadeusz: „Ich habe Angst vorm Fliegen. Trotzdem las
ich viele Texte im Flugzeug. Weil ich schon
immer diese Lufthansa-Senator-Card-Menschen bewundert
habe, die sagen, sie würden sich ‚Arbeit mit in
den Flieger nehmen'. Es war dann aber doch nicht so wie
bei den Vielfliegern. Denn es war keine
Arbeit – sondern ein sehr anregendes Vergnügen."

In diesem Sinne: Viel Spaß beim Lesen!

Katharina Bendixen

Buchmülltonnendaseinshasserinnen in Gruppenfreizeitsportartvereinen

Herr Müller hatte einmal gelesen, dass man, wenn man in ein gewisses Alter gekommen war, am besten eine geeignete Lebenspartnerin kennenlernte, indem man in seiner Freizeit regelmäßig eine Sportart ausübte. In ein gewisses Alter war er gekommen, eine Sportart indessen wollte er nicht ausüben, weil er das Gefühl hatte, bei seiner Tätigkeit als Müllfahrer bewegte er sich genug. Jeden Tag stieg er unzählige Male auf den Müllwagen, klammerte sich an der Stange fest, stieg herunter, schob die Tonnen zum Schlund des Wagens und wieder zurück zum Haus, stieg wieder auf das kleine Trittbrett und hielt sich wieder fest. Er hatte einmal gelesen, wenn man in ein gewisses Alter gekommen war, lernte man am besten eine geeignete Lebenspartnerin entweder auf der Arbeit oder bei einer regelmäßig stattfindenden Gruppenfreizeitsportart kennen.

Auf der Arbeit hatte er noch nie eine Frau kennengelernt, schon gar keine geeignete, und gegen die Bezeichnung Gruppenfreizeitsportart hegte er nicht nur aufgrund der Länge, sondern auch wegen des unklaren Sinns des Wortes eine Abneigung. Er fragte sich, was eine Gruppe war und ob man schon eine Gruppe wäre, wenn man zu zweit Tischtennis spielte, er fragte sich, ob es noch Freizeit war, wenn man eine Sportart regelmäßig ausübte, weil sich der feste Termin, an dem diese Sportart unweigerlich jede Woche stattfinden musste, aufgrund der Gebundenheit eben in belegte Zeit verwandeln musste und keine freie Zeit mehr war, er wusste auch nicht, wie er Sport überhaupt definieren sollte und ob seine Chancen, eine geeignete Lebenspartnerin zu finden, auch stiegen, wenn er sich regelmäßig zu einer festen Zeit, die dann keine freie Zeit wäre, mit seinen Bekannten zu einer Schachpartie traf und ob ein solcher Termin als regelmäßig Gruppenfreizeitsportart definiert werden dürfte und so die Wahrscheinlichkeit, dass er eine geeignete Lebenspartnerin kennenlernte, größer würde.

Er war sich im Grunde auch nicht sicher, ob er überhaupt eine geeignete Lebenspartnerin finden wollte, weil diese Bezeichnung die Eignung sehr in den Vordergrund stellte und so klang, als müsste man beim Kennenlernen zunächst einmal alle Eigenschaften und Vorlieben auf einen Zettel schreiben, um dann mit einer langen und komplizierten Formel einen Eignungskoeffizienten zu bestimmen, der, wenn er sich der Null näherte, die Beziehung mathematisch legitimierte, und auf dieser Basis konnte man sich zunächst gegenseitig besuchen, um letztendlich miteinander zu schlafen und, wenn es nicht schon zu spät war, Kinder zu zeugen. Auch eine Lebenspartnerin wollte er nicht unbedingt haben, denn das klang für ihn so, als würde man das Leben teilen und zu zweit leben, sodass ein komplettes Leben verloren ging, weil er sich plötzlich mit seiner Partnerin eines teilte und so ein Leben übrig blieb, das von niemanden mehr gelebt würde, was er nicht nur schade für das Leben, sondern auch eine Verschwendung fand. Ein weiteres Problem war für ihn das Kennenlernen. Er verstand nicht, was Kennenlernen genau bedeutete, ob es lediglich das Nennen des Namens war, durch den man den anderen identifizieren und mithilfe dessen man anderen sagen konnte, dass man ihn kannte („Herr Meier? Ja ja, kenne ich!"), oder ob das Kennenlernen nicht ein komplexerer Prozess war, bei dem man nicht nur den Namen des anderen, sondern auch dessen Lieblingsfarbe und Telefonnummer in Erfahrung brachte.

Und schließlich, wenn er all diese Zweifel beiseite ließ, was nützte es ihm, eine geeignete Lebenspartnerin kennengelernt zu haben? Schließlich musste die ihn erstens ebenfalls kennenlernen und zweitens auch noch als einen geeigneten Lebenspartner bezeichnen, damit man zusammen seine Eignung für das Leben erst testen und dann erleben konnte. Denn wenn er schließlich die geeignete Lebenspartnerin bei einer Gruppenfreizeitsportart gefunden hätte, diese aber der Meinung wäre, dass er kein geeigneter Lebenspartner für sie wäre, oder sie sogar schon einen geeigneten Lebenspartner hätte, dann wäre er nach dem Kennenlernen der geeigneten Lebenspartnerin noch unzufriedener als davor, zu der Zeit, in der er noch suchte und sich dachte, wenn er eine finden würde, wäre das plötzlich geteilte und ihm verbleibende halbe Leben ausgefüllter als das vorher ungeteilte ganze. Zusätzlich zu dieser Unzufriedenheit müsste er dann auch noch aufhören, die regelmäßige Freizeitsportart regelmäßig auszuüben, da ihn die Konfrontation der für ihn geeigneten, aber nicht willigen Lebenspartnerin so sehr verwirren würde, dass er weder einen Ball treffen noch eine Schachfigur führen noch einen Schläger halten konnte und sich jede Woche in seiner geplanten Freizeit blamieren würde und schließlich so unzufrieden wäre, dass er sich vielleicht am Ende noch das Leben nahm, indem er sich in einer Mülltonne versteckte und sich von seinem Lieblingskollegen in den Schlund des Wagens werfen lassen würde. Aus diesen Gründen suchte Herr Müller eine ganze Weile weder eine geeignete Lebenspartnerin noch übte er eine Gruppenfreizeitsportart aus, sondern verschaffte sich bei der Müllabfuhr Bewegung und ging nach dem Feierabend nach Hause, um seine Freizeit zu genießen und während des Genusses zu lesen.

Eines Tages aber fiel ihm ein Weg ein, auch ohne Gruppenfreizeitsportart vielleicht eine Frau zu finden, der er Kinder zeugen konnte und die er dann, wenn er das wollte, als geeignete Lebenspartnerin oder, wenn er das nicht wollte, einfach als Frau mit ähnlichen Interessen bezeichnen konnte. Er hatte nämlich die Angewohnheit, jede Mülltonne, bevor er sie in den Schlund kippte, zu öffnen und zu untersuchen, ob jemand in ihr vielleicht ein Buch entsorgt haben könnte. Er fand es eine unerträgliche Unart mancher Menschen, Bücher in Mülltonnen zu werfen. Er war der Meinung, dass, wenn man ein Buch schon nicht mehr besitzen wollte, man es wenigstens einer Bibliothek schenken oder in der Straßenbahn liegen lassen sollte und es nicht in der Mülltonne und später im Schlund des Müllwagens der Zerfetzung und Zerstörung überlassen durfte. Wenn er ein Buch in einer Mülltonne fand, was ein- oder zweimal im Monat passierte, dann nahm er es heraus, säuberte es oberflächlich und legte es auf den Beifahrersitz in der Kabine neben den Fahrer, der, egal, welcher Fahrer es war, den Kopf schüttelte und sagte: „Herr Müller, Herr Müller". Am Abend lief er dann mit dem Buch unter dem Arm nach Hause und stellte es in sein Bücherregal. Über die Jahre hatte er fünf ganze Bretter mit insgesamt einhundert Mülltonnenbüchern gefüllt, die er nicht las, sondern mehrmals am Abend kopfschüttelnd betrachtete und deren Schicksal er aufs Tiefste bedauerte, denn es waren normalerweise keine Bücher, die ihn interessierten oder die er lesen wollte, sodass sie ungelesen und gewellt im Regal standen und ihrer Bedeutung enthoben waren, was ihn mehrmals am Abend traurig stimmte und zu einem intensiveren Lesen des Buches, das er gerade in der Hand hatte, veranlasste, als würde eine genauere Lektüre eines Buches andere dafür entschädigen, weggeworfen, ungelesen und nutzlos zu sein.

Seine Idee, ohne eine regelmäßige Gruppenfreizeitsportart eine geeignete Lebenspartnerin zu finden, war einfach: Er wollte herausfinden, ob es noch einen anderen Menschen gab, der den Anblick eines Buches in einer Mülltonne nicht ertragen konnte und dem Mülltonnendasein des Buches ein Ende setzen würde. Wenn ein solcher Mensch wirklich existierte und wenn dieser weiblich war, dachte Herr Müller, müsste er perfekt zu ihm passen, weil er zwei grundlegende Eigenschaften – die Wertschätzung der Bücher und die Unmöglichkeit, ihre Zerstörung nicht zu verhindern – schon einmal mit ihm gemeinsam hätte und man auf dieser Basis wohl durchaus gemeinsam Kinder bekommen könnte. Und wenn der andere bücherwertschätzende und zerstörungsverhindernde Mensch ein Mann war, dachte Herr Müller, wäre das auch nicht so schlimm, denn dann war er ja nicht gezwungen, ihn kennenzulernen.

Also schrieb er einen Zettel, auf dem stand: „Verstehen Sie auch nicht, dass es Menschen gibt, die Bücher in den Müll werfen, und sind

Sie weiblich und nicht älter als vierzig? Dann melden Sie sich unter" und darunter schrieb er seine Telefonnummer. Zunächst kaufte er sich einen Anrufbeantworter, damit ihm keine Meldung der Buchmülltonnendaseinshasser entgehen würde. Er besprach ihn mit demselben Spruch und ersetzte nur das „Dann melden Sie sich unter" durch „Dann sprechen Sie jetzt, ich rufe Sie gerne zurück", ein Versprechen, das er einmal bei einem Bekannten gehört hatte und den er aber im Gegensatz zu seinem Bekannten wirklich einhalten wollte. Ihm kam dabei sehr zupass, dass er ohnehin selten angerufen wurde und ein solcher Spruch auf dem Anrufbeantworter niemanden verstören oder verwirren würde. Schließlich kopierte er den Zettel einhundertmal, nahm die einhundert Mülltonnenbücher aus den fünf Regalbrettern und klebte die Kopien auf die ersten Seiten der Bücher.

Am nächsten Morgen ging Herr Müller mit einem schweren Karton, der zwanzig Bücher enthielt, auf die Arbeit. Er musste die Wohnung eine halbe Stunde eher verlassen, weil der Karton so kompliziert zu tragen war und dermaßen auf seine Handflächen drückte, dass er ihn alle paar Schritte absetzen musste, um sich von der Last zu erholen. Seine Kollegen sahen ihn verwundert und ungläubig an, als er ihnen erklärte, dass er einen geheimen Mülltonnenbücherbund gründen (schließlich konnte er nicht zugeben, dass er auf der Suche nach so etwas wie einer geeigneten Lebenspartnerin war, die er aber nicht als solche bezeichnete) und in jede geleerte Plastemülltonne (Biomülltonnen eigneten sich nicht für seinen Plan, da in ihnen immer noch schmierige Tomaten- oder Bananenschalenreste waren, und Papiermülltonnen gehörten nicht zu seiner Zuständigkeit) ein präpariertes Buch legen wollte. Schließlich sahen sie aber ein, dass diese kleine Idee die Laune ihres Kollegen erheblich verbesserte, und halfen ihm sogar, die Bücher so schnell in die Tonnen zu legen, dass sie auf ihrem Weg keine Zeit verloren.

Am Abend rannte Herr Müller atemlos in seine Wohnung, um zu sehen, wie viele Buchmülltonnendaseinshasser ihn schon angerufen hatten. Natürlich war er nicht so naiv zu glauben, dass die Anfragen schon seinen Anrufbeantworter verstopft hätten, sodass einige Anrufer gar nicht mehr zu Wort gekommen wären. Aber dennoch war er etwas enttäuscht, als er sah, dass kein Lämpchen blinkte, dass scheinbar niemand ein Buch gefunden hatte und er allein und einsam war in seinem Buchmülltonnendaseinshass. Erst als sein Blick auf die weiteren achtzig präparierten Bücher fiel, konnte er seine Freizeit mit einem Buch in der Hand ein bisschen genießen, aber nicht so sehr wie sonst.

Auch am nächsten Tag verteilte er wieder zwanzig Bücher, genauso wie am darauffolgenden, so lange, bis die Woche vorbei und alle seine Mülltonnenbücher aufgebraucht waren. Niemand hatte angerufen. Herr Müller war enttäuscht. Herr Müller war desillusioniert. Herr Müller war allein. Aber er gab die Hoffnung nicht auf. Als auch am Sonntag sein Telefon noch nicht geklingelt hatte, nahm er schweren Herzens einhundert weitere Bücher aus seinem Regal, kein Mülltonnenbücher, sondern ganz normale, Bücher, die er gekauft hatte, die er gelesen hatte, die er mochte, kopierte noch einmal einhundert Zettel und beklebte die neuen Bücher.

Am Montag, bevor er mit dem neu gefüllten schweren Karton auf die Arbeit lief, rief er bei einem Gruppenfreizeitsportartverein an. Es war, als hätten sich plötzlich alle seine Zweifel gegen eine solch regelmäßige, freizeitverhindernde Möglichkeit des Kennenlernens verflüchtigt. Herr Müller konnte nur noch daran denken, wie es wäre, einen weiblichen bücherwertschätzenden und zerstörungsverhindernden Menschen kennenzulernen. Wenn ihm das bei einer regelmäßigen Gruppenfreizeitsportart passierte, dann wollte er diesem Menschen nachts heimlich ein Buch in die Mülltonne legen und sehen, was dann passierte. Langsam wurde es ihm auch egal, worin dieses Kennenlernen überhaupt bestehen sollte. Plötzlich schien sein ganzes Leben nur noch darauf ausgerichtet zu sein, eine Frau zu finden, die Bücher mochte, Herrn Müller war es langsam egal, wo dies passierte.

Eine Woche lang legte er gemeinsam mit seinen Kollegen weitere hundert Bücher – normale Bücher, gekaufte Bücher, gelesene Bücher – in Mülltonnen und ging am Abend zum Gruppenfreizeitsportartverein. Er spielte Handball, Volleyball und Fußball in gemischten Mannschaften, und weil er durch seinen Beruf und durch das Tragen der Bücherkartons so kräftig war, mochten ihn bald alle seine Mitspieler sehr gerne, weil er der Mannschaft, in der er spielte, oft zum Sieg verhalf. Am Abend war er immer so erledigt von der Arbeit und dem Sport, dass er nicht mehr in der Lage war zu lesen. Und der Anrufbeantworter blinkte nie, auch nicht, nachdem Herr Müller denselben Spruch mit einer optimistischeren Stimme und in einem freudigeren Tonfall auf das Band gesprochen hatte. Nach einer Woche fühlte er sich ausgelaugt, traurig und einsamer denn je.

Das Wochenende verbrachte er wieder damit, noch mehr Zettel zu kopieren und noch mehr Bücher zu bekleben. Im Telefonbuch fand er einen weiteren Gruppenfreizeitsportartverein, der auch am Wochenende regelmäßig stattfindende Gruppenfreizeitsportartentermine anbot, für die sich Herr Müller gleich anmeldete. So begann Herr Müller, nach der Arbeit direkt und an den Wochenenden von früh bis spät zum Sport zu gehen – inzwischen spielte er auch Billard und Tischtennis und übte eine koreanische Kampfsportart aus, deren Name er sich nicht merken konnte – und in den wenigen freien Minuten, die er zu Hause war, Bücher zu bekleben. Seine Kollegen lachten über seinen geheimen Mülltonnenbücherbund, und Herr Müller konnte nicht mehr mitlachen, weil die Suche für ihn bitterer Ernst geworden war. Manchmal, wenn er eine Plastemülltonne in den Schlund des Müllwagens kippte, meinte er am Ende ein einzelnes Buch herausfallen zu sehen, aber nie war er sich sicher genug, um die Automatik des Wagens zu stoppen, in den Schlund zu klettern und das Buch wieder herauszuholen.

Eines Tages fiel ihm auf, dass eine Frau ihn beim Fußballspielen zu beobachten schien. In den Pausen beobachtete er zurück, aber sie schien immer sofort in ein Gespräch versunken, wenn er auf sie zugehen wollte. Er war darüber nicht böse, denn er hätte sowieso nicht mit ihr reden können, weil er nicht wusste, wie er sie am besten fragen sollte, ob sie auch ein bücherwertschätzender und zerstörungsverhindernder Mensch und eine Buchmülltonnendaseinshasserin wäre, ohne sich dabei lächerlich zu machen und ihr die Ernsthaftigkeit seines Anliegens zu verdeutlichen. Also ließ er sich nur von der Ferne beobachten und suchte sich beim Handball, beim Billard, beim Tischtennis und bei der unaussprechbaren japanischen Kampfsportart seinerseits drei Frauen heraus, die er beobachtete, damit sie ihn zurückbeobachteten, was sie schließlich auch taten. Nur beim Volleyball konnte er in keiner Frau eine Affinität zu Büchern und ein Hass gegen Bücherzerstörungen feststellen, sodass er sich dort auf das Spielen beschränkte.

Langsam begannen ihn die verschiedenen Frauen in den Gruppenfreizeitsportartvereinen zu verwirren. Er versuchte monatelang, während sein Bücherschrank sich langsam leerte, eine Rangfolge aufzustellen, die sich an den Kriterien Wahrscheinlichkeit der Bücherwertschätzung, Wahrscheinlichkeit der Buchzerstörungsverhinderung und Wahrscheinlichkeit des Buchmülltonnendaseinshasses sowie am Alter und am Aussehen der Frauen orientierte. Schließlich hatte er nur noch ein Buch im Bücherregal stehen, und er wusste nach einer genauen Abwägung der aufgestellten Kriterien, welche Frau seine geeignete Lebenspartnerin war. Herr Müller hatte sich verliebt. Er beschloss, zum Finalschlag, zum letzten bestätigenden Test, zur Bücherwertschätzungsvergewisserung zu schreiten.

Eines Abends folgte er unauffällig mit einem präparierten Buch in der Tasche – dem letzten Buch aus seinem einst so beladenen und unter der Last beinahe schon kippenden Bücherregal – der Frau nach dem Sport bis zu ihrem Haus. Er hatte es gewusst – ihr Haus gehörte nicht zu der Mülltonnenroute, der er gemeinsam mit seinen Kollegen Tag für Tag folgte, sie hatte also noch gar nicht die Möglichkeit gehabt, eines seiner präparierten Bücher in ihrer Mülltonne zu finden und auf seinen Anrufbeantworter zu sprechen. Als die Frau im Haus verschwunden war, ging er auf den Hof, in dem die Mülltonnen standen, und legte das Buch gut sichtbar auf den Plastemüll. Plötzlich hörte er eine Stimme hinter sich: „Ach, Sie wohnen wohl hier? Sie sind doch in meiner Sportgruppe, ich habe Sie hier noch nie gesehen. Wohnen Sie hier?" Herr Müller brachte nur ein „Äh, nein" heraus. „Was machen Sie denn da?" Die Frau schaute in die halb geöffnete Mülltonne, deren Deckel Herr Müller immer noch wortlos und geistesabwesend in der Hand hielt. „Aber das ist doch der Papiermüll! Sie können doch den

Papiermüll nicht in die Plastetonne tun!" Empört nahm die Frau das Buch aus der Tonne und warf es mit einer entschlossenen Bewegung in den Schlitz der Papiertonne. „Sagen Sie, wohnen Sie wirklich hier?", fragte sie noch einmal.

Am nächsten Morgen ging Herr Müller ohne einen Bücherkarton zur Arbeit. Alle seine Bücher waren in der Stadt verteilt oder vielleicht schon im Schlund des Müllwagens gelandet. „Na, was ist mit dem geheimen Mülltonnenbücherbund?", fragten die Kollegen. „Wie viele seid ihr schon?" Und lachten dabei. „Gestern ist eine abgesprungen, sie wollte nicht mehr mitmachen, aber ansonsten funktioniert es fast wie erwartet", sagte Herr Müller und stieg langsam auf das Trittbrett des Müllwagens.

Katharina Bendixen studiert Kommunikations- und Medienwissenschaften in Leipzig und Alicante. Ihre ersten Literaturpreise gewann die 1981 geborene Leipzigerin beim bundesweiten Wettbewerb „Schüler schreiben" (1993 und 1998). Seither sind ihre Texte in diversen Literaturzeitschriften und Anthologien erschienen. 2005 gewann sie den Debütpreis des Poetenladens Berlin, beim 13. Open Mike kam sie in die Endrunde.

Tobias Sommer

Hundstage

Zu Besuch bei falschen Freunden. Diese Antwort gefällt mir. Ich wiederhole sie, bis niemand mehr fragt, wo mein Sohn sich versteckt hält. Seit einer Stunde kann ich auf die Frage, wann ich ihn endlich suche, antworten: jetzt.

Ich habe mir einen Zug aus Ostberlin anders vorgestellt. Die Sitze fühlen sich weich an, Radios in den Armlehnen, Internetanschlüsse unter den Fenstern, das Licht einer Designerlampe durchbricht den Tag. Die Gänge sind lang, an den Wänden hängen Plakate der Berliner Museumsinsel – van Goghs Impressionen vom Tod in den Kornfeldern – und Werbung für eine stressfreie Reise. Der rote Teppich riecht neu und die Luft nach künstlicher Wärme. Und dennoch, ich friere, spüre die Kälte überall, kalter Schweiß auf meiner Haut, meine Fingerspitzen zittern. Es ist wie immer, denke ich, denn eine Entscheidung steht bevor. Ein Knacken über mir, eine Stimme verkündet die Spezialitäten, die zu westlichen Preisen im Speisewagen erworben werden können. Ein heißer Kaffee kann meine Aufregung nicht mindern, bin ich mir sicher, und bestimme trotzdem: Ich brauche Koffein. Ich stehe jeden Tag mindestens fünfmal vor der Kaffeemaschine, gieße direkt aus der Glaskanne das viel zu heiße Getränk in meinen Becher, trinke den ersten Schluck sofort, schaue dabei aus dem Bürofenster auf das Parkdeck meines Arbeitgebers und hoffe auf ein widerliches, aber vertrautes Gefühl.

Ein Fahrgast steht vor seinem Abteil, sieht mich an, drückt sein Hinterteil gegen das Fenster, zieht mit einer übertriebenen Bewegung

Luft aus seinem Bauch und sagt: „Nur zu, junge Frau." Ich zwänge mich zwischen seiner Gürtelschnalle und dem Schiebegriff der Tür, trete auf eine Sporttasche und glaube für Sekunden, das Gleichgewicht zu verlieren. Der Mann lächelt, als sei ich auf seine peinliche Geste angewiesen, als sei er mir überlegen. Er sagt etwas, das wie eine Entschuldigung klingt. Ich weiß nicht, warum, gehe weiter, ohne mich umzudrehen, und versuche das Zittern in meinen Knien zu unterdrücken.

Bohnenkaffee schmeckt besser. Aber zum Glück brennt die schwarze Flüssigkeit, die in einer Maschine gebrüht wurde, die wie ein Kondomautomat aussieht, auf meiner Zunge, drückt auf meinen Magen und erzeugt ein latentes Gefühl von Übelkeit. Ich hoffe, die Gastgeber meines Sohnes servieren ihm keine Instant-Täuschung. Er trank mit fünf Jahren seine erste Cola, mit zwölf seinen ersten Kaffee, mit dreizehn seinen ersten Espresso. Er war nicht abhängig, sage ich leise, während mein Blick aus dem Fenster nach bekannten Namen sucht, der Zug unter mir auf den Schienen in eine Kurve wackelt und der letzte Schluck gegen die Innenwände des Plastikbechers schlägt. Die Biegung der Gleise ist stärker als erwartet und der Scheitelpunkt kaum überschritten, als der Zug unvorbereitet stoppt. Mein Getränk tritt über den Becherrand und landet auf dem makellosen Filzteppich. Ich gehe einen Schritt zur Seite, will mit dem linken Fuß die Flüssigkeit in das Gewebe reiben, alle Spuren verwischen. Ein Hund kommt mir zuvor, leckt mit seiner schleimigen Zunge über den dunklen Fleck, Speichel und Teppichfasern vermischen sich mit der Kaffeepfütze zu einer Masse, die im Mund des Tieres verschwindet, noch bevor ich entscheiden kann, ob Koffein für ein Tier verträglich ist oder nicht. Der Mann, der nun seinen Bauch in seiner ganzen Pracht präsentiert, sieht, mit einer Hundeleine in der Hand, von oben herab auf das Tier und nickt, als wolle er sagen: Du hast Zeit, trink nur, mein Freund. Die Vorderbeine des Hundes sind angewinkelt, die Zunge sucht im Gewebe nach Resten, die es schon seit Minuten nicht mehr geben kann. Für einen Augenblick hat dieses Bild etwas Menschliches. Ein kniender Hund, winselnd, akribisch auf der Suche nach Glück. Mein Sohn liebt

Haustiere, er wollte unbedingt einen neuen Mitbewohner für unsere Zweizimmerwohnung, ein gelbbraunes Streifenhörnchen stand auf seinem Weihnachtswunschzettel in kindlichen Druckbuchstaben, später Papageien und Mäuse in mühevoller Schreibschrift. Ich erinnere mich an seine Begeisterung für ein Aquarium. Sie verstehen sich ohne Worte, nur leichte Schwimmbewegungen und kleine Blasen, die zur Oberfläche aufsteigen, zeigen, dass sie leben, miteinander, ein wundervoll stiller Kampf, schwärmte er. Vielleicht verstehe ich ihn heute, aber dort, wo er jetzt wohnt, gibt es keine Haustiere, höchstens Ratten.

Ich werfe meine restlichen Geldmünzen in den Getränkeautomaten und entscheide mich im letzten Augenblick um. Bier statt Cola.

Mein Ziel hat einen eigenen Bahnhof. Endstation für falsche Freunde, flüstere ich und steige aus. Ich sehe überfüllte Papierkörbe, eine unbeklebte Litfaßsäule und Fahrgäste, die aussehen, als warteten sie auf nichts mehr. Ich drehe mich um und schaue dem Mann mit dem Hund hinterher. Er ist ebenfalls ausgestiegen, geht mit gelangweilten Schritten an den Waggons entlang, blickt in die dreckigen Fenster und wird immer kleiner, bis er im Dunkel der Bahnhofshalle verschwindet. Ich bleibe stehen, bin mir nicht mehr sicher, ich kann meinen Sohn nicht einfach besuchen, ohne Vorwarnung, nach drei Jahren. Für die ersten Sätze fehlen mir, nach Monaten, in denen er sich entfernt hatte, von seinem Heimatort, von seinem Leben, von mir, die entscheidenden Wörter. Lautlos formuliere ich mögliche Begrüßungen, teste eigene Verurteilungen und Lösungsmöglichkeiten, suche in meinem Erinnerungsschatz nach Bildern aus seiner Kindheit und entdecke Abschiedsfotos in Schwarz-Weiß. Nur eine Postkarte habe ich von ihm. Sie hängt an der Pinnwand über meinem Nachttisch. Ein Gruß in zittrigen Bleistiftstrichen auf einer Karte ohne Motiv, ausgeschnitten aus einem Pappkarton. „Ich hoffe, du kennst mich noch. Kein Kontakt, keine Telefonate, keine Briefe, keine Besuche. Das sind die Regeln des Spiels, die ich nie bedacht habe." Regeln sind da, um sie zu brechen, hätte mein Sohn vor einigen Jahren gesagt.

Der Vorgarten ist hässlich, kahle Betonmauern, eine marode Rasenfläche und zwei Bäume, die ihre Blätter diesen Winter für immer verloren haben. Ich vermisse Farben; hätte ich eine Graffiti-Dose, würde ich auf die Wände leuchtende Buchstaben und Figuren sprühen. Eine alte Frau mit dem Spielzeug der Jugendlichen. Wie lächerlich, denke ich und muss nach wenigen Minuten feststellen, dass ich beobachtet werde. Auch ohne Sprayer-Outfit und peinliche Malversuche habe ich die Aufmerksamkeit auf mich gezogen. Ich versuche nicht in die Fenster zu sehen, wende meinen Blick von der Hauswand weg, doch die Augenpaare, die hinter den Glasscheiben auf mich starren, kann ich nicht leugnen. Warum ich aus der Empfangshalle, am Besucherzimmer vorbei, in den Garten geführt wurde, verstehe ich nicht. Mein Körper schwächelt, ich suche ein Versteck und den Fehler. Hier ist niemand, der auf mich wartet.

Ein Finger berührt meinen Hals, tippt zweimal auf eine Ader. Ich schäme mich für den Schweiß, der von meinen Haaren hinunterläuft. Ich drehe mich um und sehe das ausdruckslose Gesicht eines Angestellten. Er deutet mit einer seitlichen Kopfbewegung an, in welche Richtung ich gehen soll. Doch ich benötige keine weiteren Anweisungen. Er sitzt auf einer Holzbank, die bis vor Minuten noch im Schatten einer Mauer verborgen war, kaut auf einem Grashalm und blickt abwesend auf das Muster seines T-Shirts. Die Wangenknochen spannen seine dünne Haut, die Falten betonen die Müdigkeit in seinem Gesicht, sein typischer Drei-Tage-Bart ist verschwunden, das künstliche Schwarz seiner Haare ausgewaschen und einem Straßenköterblond gewichen. Aber ich habe keine Zweifel, er ist es.

Auf diesen Moment habe ich drei Jahre lang gewartet. Ich bin mir sicher: Er hat mich gesehen. Ich warte, zögere den ersten Blickkontakt hinaus. Keine Fragen, habe ich mir auf der Fahrt hierher gesagt. Ich komme mir vor wie ein Dieb, der sich von hinten an sein Opfer schleicht. Nur zehn Meter trennen mich von seinem ganzen Hab und Gut, das nur noch aus seiner Kleidung besteht. Ich werde seine Sucht nicht erwähnen, bestimme ich und halte meinen ausgestreckten Arm in seine Richtung. Er sitzt bewegungslos da, nur sein monotones Atmen zwischen uns. Meine Handfläche schwebt über seiner Schulter. „Warum so spät?" Seine Stimme klingt brüchig, fremd. Ich weiß keine Antwort, schweige, endlose Sekunden. „Ich wollte", stottere ich. Er dreht ruckartig seinen Kopf, sieht mich an und beginnt zu erzählen.

Er erzählt, wie er abhängig wurde, was er tat, um Geld und Drogen zu bekommen, er erzählt, wie er hier gelandet ist, wie er jetzt lebt, was er hasst und warum es sich lohnt, weiterzuleben. Er spricht mit einer Ruhe und Selbstverständlichkeit, die mich erstaunt, in Sätzen, die perfekt ausformuliert seine Vorbereitung auf diesen einen Augenblick erahnen lassen. „Es lohnt sich zu leben, weil ich wusste, dass du kommst." Sein Monolog bricht ab, dieser letzte Satz erreicht meinen Magen nicht, bleibt im Brustkorb hängen, schmerzt. Kein Koffein dieser Welt für dieses Gefühl. Ich habe mir geschworen: Ich weine nicht.

Meine Zeit ist abgelaufen. Er steht auf, sein Blick schweift über den Sandboden, er geht einen Schritt auf mich zu, wartet, verlagert sein Körpergewicht von einem Bein auf das andere und gibt mir hastig einen Kuss auf die Wange. Er lächelt erleichtert, deutet mit der linken Hand zum Hauptgebäude und sagt: „Ich muss. Morgen ist wieder geschlossene Gesellschaft."

Ich bleibe auf dem Bordstein vor dem Eingangstor sitzen, fühle mich glücklich und elend zugleich, ich wiederhole seine Sätze, ich möchte mich an seine Gesten erinnern, jedes Detail, jede Silbe aufsaugen, immer wieder, bis die Gegenwart die Vergangenheit überholt. Erschöpft höre ich irgendwo einen Hund bellen und lese noch einmal laut auf dem Schild über dem Eingang: Jugendgefängnis.

Tobias Sommer, geboren 1978 in Bad Segeberg bei Hamburg, gewann für seine Texte schon Stipendien und Literaturpreise. Zuletzt kam er auf den 3. Platz beim Berliner Verstärkerpreis 2006. Er veröffentlicht Gedichte und Kurzgeschichten in Zeitschriften und Anthologien und hat bereits einen eigenen Erzählband veröffentlicht. Tobias Sommer arbeitet in der Finanzverwaltung in Bad Segeberg.

Gundula Thors

Lichtschutzfaktor

T ine stöhnt. Drückende Hitze schon am frühen Morgen. Bewegungslähmung. Lesen geht auch nicht. Die Buchstaben kleben an den Augen. Sogar das Ferienhaus hat sich zum Brutofen aufgeheizt, ob drinnen, ob draußen, überall die gleiche unerträgliche Hitze: in Dänemark! Ist die Natur verrückt geworden?

An anderen Tagen fliegen hier die Blicke wie Schwalben übers Land – hoch und weit. Alles gibt ein Gefühl von Freisein. Die Strände sind so leer, dass man fast überall nackt baden kann.

An anderen Tagen schwärmt sich Tine in Gedichte hinein, die sie schreiben möchte über die kleine Insel hoch im Norden: Hier rollen die gelben Äcker/ bis ans Meer/ leuchtend umrandet/ Blüten an Blüten/ in den wildesten Farben.

Heute kein Gedanke an Schwärmereien. Seit Tagen nicht. Jeder Schritt wirbelt Staubschleier über die Wiesen und in die Augen. Die Sonne brennt. Tine, Falk und ihre beiden kleinen Kinder schleppen sich strandtaschenbehängt dem Wasser entgegen, lechzen nach Abkühlung.

Nur die Kühe scheinen ungerührt von der Hitze, stehen wie immer schwanzschlagend, fliegenverscheuchend im kniehohen Staubgras, wickeln ihre Zungen wie dicke Lassos um Grünbüschel, rupfen sie heraus, lassen sie in ihren Mäulern verschwinden.

Sonst bleibt die Familie auf ihrem Weg zum Strand immer eine Weile stehen, schaut den Tieren beim Fressen zu. Falk und Tine lieben es, hier ihre Sommerferien zu verbringen, obwohl das Wetter manchmal schaurig kalt und regnerisch ist. Dann wird es ungemütlich in dem feuchten Holzhaus. Es gibt kaum etwas, was man unternehmen kann auf so einer kleinen Insel, wenn der kalte Wind den Regen wie nasse Tücher ins Gesicht klatscht. Das sind so Tage, an denen das Barometer schwer aufs Gemüt fällt, an denen sie regelmäßig beschließen, ihren nächsten Familienurlaub weiter südlich zu verbringen. Mit Sonnengarantie!

„Und jetzt haben wir, was wir immer wollten." Falk zerrt eine Wasserflasche aus dem Rucksack, spült den trockenen Mund aus. Die einzig verfügbare Abkühlung ist das Meer. Aber hingelangen! Sie müssen auf staubigen Geröllpfaden über Hügel klettern, und immer, wenn man das Wasser blau am Horizont aufblitzen sieht, glaubt, man sei schon ganz nah, dann verschwindet es wieder hinter dem nächsten Tal.

Weit vor ihnen eine Frau in Schwarz. Wie eine Riesenkrähe. Träge, anmutige Bewegungen. Sie scheint keine Eile zu haben. Trotz der langsamen Bewegungen bauschen ihre Schritte den dunklen Stoff ballonartig auf. Neben ihr ein Mann und zwei kleine Jungen in Jeans und T-Shirts.

Falk weigert sich, Felix auf die Schultern zu nehmen. Sein Nein klingt so bestimmt, dass Felix zusammenzuckt, ohne Widerworte mit hängenden Schultern weiterstolpert. Anna mimt die Vernünftige: „Papa trägt schon das Picknick und den Sonnenschirm. Der kann uns nicht auch noch schleppen." Dann fängt sie unvermittelt an zu weinen. Tine nimmt sie in den Arm. „Ist ja nicht mehr weit. Wollen doch mal sehen, ob wir die Krähe da vor uns nicht einholen können. Das schaffen wir bestimmt, und dann sind wir auch gleich am Meer."

Anna hatte gesagt, dass die Frau wie eine Krähe aussehe und der von den Schritten hochgebauschte Stoff wie Flatterflügel. Eine Frau, nur weil sie eine Burka trägt, als Krähe zu bezeichnen, ist sehr ungehörig, das ist Tine bewusst, sie findet es aber im Augenblick egal, solange die Kinder etwas abgelenkt sind. „Oder wie eine Fledermaus", schreit Felix. Er ist ein begeisterter Fan von Fledermäusen. Er zeigt auf die Frau: „Batman, Batman!"

Sie schaffen es nicht, die Krähenfledermaus einzuholen. „Ist da eine Mama drunter?", will Felix wissen.

„Körperlos", ereifert sich Tine, „diesen Frauen wird jegliche Identität geraubt." Falk verdreht genervt die Augen.

Sogar am Strand flirrt die Luft vor Hitze. Vor ihnen eine Fata Morgana: die schwarze Frau. Sie hat sich auf eine Decke gesetzt, die Burka weit um sich herum ausgebreitet. „Das glaube ich nicht." Tina blinzelt in ihre Richtung.

„Wenn wir das zu Hause erzählen, das glaubt uns keiner."

Den verhüllten Kopf und das vergitterte Gesicht hält die Frau dem Meer zugewandt. Ihre beiden kleinen Jungen und der Mann in Badehosen, sie rasen mit hohen Kängurusprüngen laut schreiend zum Wasser. Jedem, der den Strand betritt, ist klar, warum die so albern hüpfen, der Sand brennt unter den Füßen wie heiße Nadeln.

„Ha, da haben wir es besser!" Falk wedelt mit Plastiksandalen. Eigentlich sind sie als Schutz gegen die fiesen spitzen Steine am Wassersaum gedacht. Es tut höllisch weh, barfuß darauf zu laufen. Jetzt sind es Hitzeschutzschuhe.

Mit einer Hand den zappelnden Felix festhalten, er will nur eins – ins Wasser – mit der anderen Hand eincremen, Schwimmflügel umbinden, Sonnenhüte aufsetzen. Tine tropft der Schweiß von der Nase. Sie ist kurz davor zu explodieren. Anna ist vernünftiger, aber den Hut will sie auch nicht aufsetzen, deutet mit lang ausgestrecktem Arm auf die beiden Jungen, die mit dem Mann im Wasser plantschen. „Die müssen auch keinen Hut aufsetzen!"

„Das sollten sie aber. Man zeigt nicht mit dem Finger auf andere Leute!" Tine klapst Anna auf den nackten Popo. „Vielleicht kommen sie aus einem heißen Land, da sind sie an die Sonne gewöhnt", fügt sie hinzu, um weiteren Widerworten vorzubeugen. Die Kinder reißen sich los, toben jauchzend ins Wasser.

Wunderbar, noch abgekühlt vom Schwimmen liegt es sich unter dem Sonnenschirm ganz angenehm. „Wenigstens hast du so viel Anstand, dich heute nicht nackt zu präsentieren." Falk gehen Tines Klagen über den zwickenden Bikini auf die Nerven. Tines Lächeln hängt schief – typisch Mann, der versteht mal wieder gar nichts. Falk spürt ihre Gedanken, wehrt sich mit leicht aggressivem Unterton: „Dass du die Kinder immer mit feministischen Ansichten zulabern musst. Körperlos, Identität, sie können das doch noch gar nicht verstehen." In Tine kriecht Wut hoch: „Du glaubst wohl nicht im Ernst, dass die Frau es schön findet, so am Strand zu sitzen?" „Warum denn nicht?", äfft Falk, „wahrscheinlich wohnt die hier und fühlt sich ganz wohl so." Er klappt die Augen zu, mit dem Ich-will-jetzt-meine-Ruhe-Gesichtsausdruck.

Hier wohnen, Tine muss lachen. „Auf dieser kleinen Insel, zwischen dänischen Bauern, in einer Burka. Die würden sie höchstens als Vogelscheuche aufs Feld stellen." Falk reißt die Augen wieder auf: „Na, du hast ja tolle Gedanken, so eine frauenfeindliche Bemerkung sollte ich mir mal erlauben. Lass die doch herumlaufen, wie sie will." Er angelt nach der Tube mit der Sonnencreme. „Reib mir mal bitte den Rücken ein, hinter den Ohren auch. Die da drüben hat Lichtschutzfaktor 100. Mindestens. Ist doch praktisch." Er schielt grinsend zu Tine. „In Antwerpen ist das Tragen der Burka bei Strafe untersagt. Vermummungsverbot. Das gefällt dir sicher."

Tine wendet den Kopf vorsichtig in Richtung des schwarzen Gewandes. Es muss wie Spießrutenlaufen sein, so durch das Inseldorf zu gehen. Die arme Frau. Und bei dieser Hitze. Lichtschutzfaktor 100! Wie kann Falk so etwas sagen. Sogar ihr Gesicht ist vergittert. Diese Vermummungen sind demütigend! Der Körper spielt im Dasein die wichtigste Rolle. Wir essen, atmen, lieben mit unseren Körpern. Wir geben Signale mit der Sprache unserer Körper. Körperlos sind die Frauen buchstäblich unsichtbar, einfach nicht vorhanden.

Aber sie ist da. So präsent, dass Tines Gedanken immer wieder zu ihr zurückkehren. Die Frau wirkt vollkommen gelassen, breitet Getränke und Obst auf einem Tuch aus. Manchmal scheint es, als würde sie dabei in Tines Richtung schauen.

Tine beugt sich seitlich über Falk, um die Wasserflasche zu greifen, fühlt, wie ihre Schenkel sich wellen. Hässlich.

Vielleicht bedauert die Frau da drüben ja mich. Vielleicht fühlt sie sich wirklich geschützt, muss sich um ihre Figur keine Sorgen machen, nicht ständig den Bauch einziehen. Eigentlich ganz praktisch, niemals dieser Stress: Was zieh ich an? Die kann mit einer kleinen Tasche verreisen, ist trotzdem immer richtig angezogen. Tine kichert. Vielleicht, kommt es ihr plötzlich in den Sinn, glaubt die Frau, gerade durch die Vermummung ihre Identität bewahren zu können. Ohne modische Fremdbestimmung. Vielleicht fühlt sie sich unter ihrer Verhüllung freier als ich. Ach Blödsinn, das reden die sich nur ein. Das alles geschieht ja nicht wirklich freiwillig, sie lassen sich instrumentalisieren und von Männern tyrannisieren…

„Fe-lix!" Tines Stimme klingt schrill. „Komm sofort hierher!" Felix steht vor der Frau, starrt sie an, flattert mit den Armen auf und ab und ruft immer wieder: „Batman!" Ganz laut.

Ein schwarz betuchter Arm streckt sich zu ihm aus, reicht ihm ein Stück Melone.

Batman, das hat sie bestimmt verstanden.

„Ich hab dir ja gesagt, du sollst die Kinder nicht mit deinem Feministenkram verwirren…" Falk springt auf, um Felix zu holen, bevor er noch mehr Peinlichkeit verbreitet.

„Ich glaube, sie hat gelächelt. Ihre Augen haben gefunkelt." Falk spricht ganz leise über die vergitterten Blicke der Frau. Er hält Tine einen Teller mit Melone entgegen und hätte ihn beinahe fallen lassen. Ihre Köpfe rucken herum: dieser Schrei!

Die Frau rennt barfüßig, im wehenden Stoff über den Strand, über die spitzen Steine am Wassersaum, zögert kurz und wirft sich in die Fluten.

Als sie ein paar Minuten später triefend und tropfend zu ihrem Platz zurückkehrt, wendet sie ihren Kopf in Tines Richtung. „Ich bin mir sicher", murmelt Falk, „jetzt lacht sie. Die lacht dich aus."

Gundula Thors studierte Germanistik, Journalistik und Kunstgeschichte und arbeitet heute in Hamburg als freie Journalistin im Bereich Kultur. Die gebürtige Lübeckerin hat Glossen und Hörspiele im Radio veröffentlicht, ihre Gedichte und Kurzgeschichten sind in mehr als 20 Anthologien erschienen.

Daniel Mylow

Das Gedächtnis des Wassers

In der Nacht nach Jans Tod legt sie sich in den Ufersand des Flusses. Margo hört den Atem der Wellen und den Wind in den Gräsern. Die Sterne stehen wie zerbrochene Scherben am Himmel. Sie streckt ihre Hände danach aus, aber sie hüten ihre Geheimnisse ebenso wie der Fluss und ebenso wie alle Menschen. Plötzlich hört sie Stimmen. Sie kommen näher. Ihr Herz schlägt: Sie finden dich, sie finden dich. Die Menge singt, und die Stille um sie herum wird ganz schwarz von ihrem Gesang. Es ist der gleiche Gesang wie bei Jans Tod. Margo bleibt unbewegt liegen. Die Wellen schwappen an ihre Füße. Wenn das Wasser ein Gedächtnis hat, denkt sie, dann wird der Fluss sich eines Tages an sie erinnern, wenn sie nicht mehr da ist.

Jan war ihr Nachbar. Klein und gedrungen war er und hatte breite vernarbte Hände. Und ein Gesicht wie die Gestalt des Landes, aus dem er stammte, und Augen darin, so tief wie das Schwarze Meer. Als Margo ihm das erste Mal begegnet war, tauchte das Licht alles ein. Den Flur und das Treppenhaus, sein Gesicht und ihre beiden Gestalten, und sie konnte schließlich nicht mehr sagen, ob das wirklich geschah oder ob es vielleicht ein Traum war. Sie sahen sich an.

„Ich kenne Sie doch von irgendwo her", sagte Margo.

„Wir sind Nachbarn", antwortete er.

„Nachbarn... Seit wann?"

„Seit wann. Seit zehn Jahren, Margo."

In jenem Sommer lag die Erde still und rissig da. Es regnete nicht. Margo sah am Himmel die Schatten der Wolken ziehen. Der Wind trug das Meer über das Land.

In jenem Sommer betrat Margo zum ersten Mal Jans Wohnung. Die Tür hatte offen gestanden. In seinem Zimmer roch es nach Vanille und nach noch etwas anderem, Undefinierbarem. An den Wänden hingen Bleistiftzeichnungen von Blumen und Tieren, die sie noch nie gesehen hatte. Sie verschloss die Tür und auch das Fenster. Der Raum schimmerte in Weiß und Braun. In den Schränken standen Bücher in einer fremden Sprache. Die Wäsche war ordentlich aufgeschichtet. Neben der Tür zur Küche hingen alte Fotos. Margo blieb stehen. Auf einmal glaubte sie sich auf einem der Fotos zu erkennen. Es war das Bild einer Frau. Einen Augenblick fürchtete Margo, in ihr Spiegelbild zu sehen. Sie fand sich wieder in der Sprache ihrer Augen. In ihrem Lächeln. Margo nahm sich vor, sie zu sein. Es war ganz leicht, wenn sie den Kopf ein wenig schräg hielt und ein wenig lächelte wie sie.

Bis zum Mittag lehnte sie am Fenster und kaute ihr dunkles Haar. Sie starrte in die schwarze Flugasche der Wolken. Jan saß auf der anderen Straßenseite auf einer Kiste und sah zu ihr hinauf. Es hatte zu regnen begonnen.

Sie ging ihm aus dem Weg. Margo vergaß seine Wohnung, vergaß Jan, weil es nichts gab, an das sie sich lange erinnern konnte.

Vor zehn Jahren hatte Margo einen Autounfall gehabt. Achtundvierzig Stunden lang lag sie zwischen ihren toten Eltern eingeklemmt im Wrack eines Autos auf dem Grund einer Schlucht, bis man sie fand. Ihr Gedächtnis wollte seitdem nicht mehr so richtig funktionieren. Seltsam fanden sie die Leute im Dorf. Und dass sie auf eine merkwürdige Weise anders war als die meisten hier.

Wenn sie Jan begegnete, sah er sie so an, dass es unmöglich war, seinen Blick nicht zu erwidern. Ihre Großeltern, bei denen Margo lebte, warnten sie vor ihm. Sie hüteten Margo wie ihr eigenes Kind. Seit dem Unfall hatten sie sich zurückgezogen. Man konnte in all den Jahren fast den Eindruck gewinnen, als wollten sie Margo und sich vor etwas schützen. Die Nachbarn erzählten sich von Jan, dass er die Katzen im Ort vergiftete und dass er unter falschem Namen hier lebte, weil er früher kleine Mädchen in seine Wohnung gelockt haben sollte. Er war ein Außenseiter. Einer, von dem niemand wusste, woher er kam und was er eigentlich tat, obwohl in dem kleinen Dorf an der Elbe alle Nachbarn waren. Und Nachbarn, das waren Leute, von denen man mehr wusste als von einem selbst. Nachbarn waren Menschen, so hatten die Großeltern Margo beigebracht, denen man vertrauen konnte. Nachbarn sind unser Gedächtnis, wenn wir alt werden, sagten sie.

Aber einer wie Jan war kein Nachbar, den hatte der Wind und die Launen des Zufalls hierhergebracht. Er gehörte nicht in diese Gesellschaft. Es wurde erzählt, er habe früher als Rettungssanitäter auf der anderen Seite des Flusses gearbeitet. Als er eines Tages vor zehn Jahren zu einem Unfall gerufen wurde, bei dem er seine eigene Frau tot im Wrack eines Autos gefunden hatte, hatte er am nächsten Tag aufgehört zu arbeiten und war hierher gezogen. Ob die Geschichte stimmte, wusste man nicht, denn Jan sprach mit niemandem.

Margo arbeitete in der Konservenfabrik flussaufwärts. Sie hatte eine Arbeit gefunden, für die sie kein Gedächtnis brauchte. Sie fuhr jeden Tag mit dem Fahrrad am Flussufer entlang, sog den Wind ein, der die Stille entfachte und mit den schwarzen Vögeln über den Fluss und in ein anderes Land zog. Die Menschen auf der anderen Seite des Flusses waren ihr fremd. So fremd wie Jan, der noch von viel weiter herkam. Was wissen wir schon von unseren Nachbarn, als das, was auf Vermutungen und Halbwahrheiten beruht, was weiß ich von mir selbst, hatte Jan gesagt. Daran konnte sie sich erinnern. Aber sie hatte nicht verstanden, was er meinte. Margo fuhr schneller, immer schneller und schneller, bis sie den Atem des Windes wie ein leises Singen in ihren Lungen spüren konnte.

Als sie an diesem Augusttag nach Hause kam, stand Jan vor dem Haus.

Es schien, als wolle er ihr etwas sagen. Aber er stand nur schweigend da und bewegte die Hände ein wenig hin und her. Mit einer Bewegung seines Kopfes lud er sie ein, ihm zu folgen. Margo ging ihm nach in die Wohnung, die voller kleiner Schatten stand. Dazwischen las das Licht flirrende Inseln aus dem Dunkel. Unter Margos offener Bluse sah Jan die weiche, halbrunde Andeutung einer Brust. Er roch ihre Haare, ihre Haut, sah das Glänzen zwischen ihren Brüsten. Margo blickte ihm in die Augen. Ganz so wie die Frau auf der Fotografie in der Küche. Das war Jans verstorbene Frau, aber das wusste Margo nicht oder vielleicht hatte sie es auch vergessen, wenn Jan es ihr erzählt hatte. Jan wandte den Kopf. Er hielt ihren Blick nicht aus. Als die Schatten im Zimmer noch kleiner wurden, legten sie sich, einander festhaltend, ins Bett. Margo fror. Das Frieren hörte auf, nur die Sehnsucht wurde größer, je mehr sie sich Jan näherte. Ihre Körper waren wandernde Schatten vor dem Abendhimmel in den regenglänzenden Fenstern. Es war, als hätte Jan Flügel anstelle seiner Arme und als würde er sie damit umfangen. Margo lächelte. Ihr Körper hob sich in seinen Armen empor, verrutschte und sank mit der Dunkelheit langsam in einen offenen Raum zurück, in dem das Licht den Atem anhielt, in dem man nicht mehr wusste, wen man in den Armen hielt, einen Fremden oder sich selbst.

Am Abend ging Margo zurück. Es war nur die Tür auf der anderen Seite des Treppenhauses, aber die Welt war auf einmal sehr groß und ihr Mund schmeckte nach Jan. Während sie in ihrem Bett lag, versuchte sie sich vorzustellen, was Jan gerade sah. Es war so schwer, sich vorzustellen, was andere Menschen gerade sahen, taten oder dachten. Die Welt bestand aus lauter geschlossenen Räumen, durch die niemand hindurchsehen konnte. Aber wenn man jemanden liebte, einfach nur liebte? Öffneten sich dann die Wände? Margo fror. Sie fror immerzu.

In den nächsten Tagen trafen sie sich, so oft es ging. Sie verabredeten sich außerhalb des Dorfes, damit niemand sie sah. Wenn die Falter am Ufersaum des Flusses in die Dämmerung glitten, dann geronnen Jan und Margos Schatten wie eine Gleichung aus Tag und Nacht in einem Licht, das nichts mehr ausschloss. Manchmal saßen sie nur schweigend im Ufersand und sahen auf das Wasser. Lautlos spiegelte es das Weiß der Sommerabende.

Margo erinnerte sich. Sie wusste ja alles, seit dem Augenblick, in dem Jan sie berührt hatte. Und sie erinnerte sich, dass sie einmal mit dem Bus in den Nachbarort gefahren waren. Sie saßen eine Weile auf der Terrasse eines Restaurants. Wind und Wolken leuchteten die Ebene jenseits des Flusses aus. Ihre Hände lagen in Jans Händen. In diesem Augenblick hatte sie gedacht, alles wird gut. Und durch jeden Atemzug spürte sie, wie das Licht um sie herum schimmerte und alles ganz durchlässig machte. Irgendwann kam ein Kellner, der sie unfreundlich der Terrasse verwies: „Heute gibt es keinen Service draußen. Wir haben eine geschlossene Gesellschaft. Gehen Sie bitte."

Jan sah Margo an. In seinem Blick lag ein Ausdruck stummer Resignation. So als wolle er sagen, siehst du, so ist das Leben, es zerreißt unsere Flügel. Margo hatte danach oft das Gefühl, dass sich ihre Geschichte, wie sie es nannte, in diesem einen Satz des Kellners widerspiegelte. Wie eine traurige, unverrückbare Schlagzeile. Sie fragte sich, ob sie nicht einfach hätten fort-gehen können von hier. Aber Jan sagte, dass es überall gleich sei. Die Orte trügen andere Namen, aber die Menschen wären gleich.

Am Ende des Sommers trafen sie sich manchmal in einem alten Fabrikgebäude außerhalb des Ortes. Die Türen schlugen dort im Wind. Leere Fenster schimmerten im geborgten Licht. Sie hielten sich in den Armen und streichelten sich, bis sie sich nicht mehr spürten. Bis es Zeit war zu gehen. Der Spiegelschimmer des Flusses schlief auf Jans Gesicht, das so müde und traurig war. Es gibt solche Stunden, dachte Margo noch, solche Stunden mit einem Menschen, den man liebt, hier und überall. Sie finden dich, wo immer du auch bist, und dein Auge öffnet sie. Es öffnet alle geschlossenen Räume. Es ruft die Orte deiner Sehnsucht aus. Dieser Gedanke machte sie lächeln. Schweigend ging sie dann mit Jan durch die weißen Felder des Mittags. Sie atmete sich mit ihm in den Schlaf. Schweigend ging sie mit ihm durch ihr Herz. Er kannte ihr Geheimnis nicht. Es trug den Geruch nach niemand mehr.

Es war September. Sie verbrachte einen ganzen Nachmittag in Jans Wohnung. Er flüsterte sie in den Schlaf. Er weckte sie und liebte sie auf eine Art, dass sie sich zum ersten Mal in ihrem Leben nicht mehr eingesperrt fühlte. Unbemerkt schlüpfte sie zurück in die Wohnung ihrer Großeltern.

Währenddessen warteten ihre Großeltern bei der Polizei. Sie wussten nicht, dass Margo inzwischen nach Hause gekommen war. Die Polizei fand ihr Fahrrad vor der Fabrik. Sie hatte es dort stehen gelassen, weil der Vorderreifen keine Luft mehr hielt.

Margo lag in ihrem Bett und fror. Sie hörte die Wohnungstür auf der anderen Seite des Flures ins Schloss fallen. Jans schwere Schritte entfernten sich. Sie konnte es nicht sehen, aber er trug ihr Regencape, das sie bei ihm vergessen hatte. Sie hörte den Regen im vergilbenden Blattwerk der Bäume. Margo schloss die Augen. Bist du es, dachte sie, bist du es, im Wind, in den Blättern, im Wellenschlag auf dem Fluss? Bist du es, der die Wasserkrüge füllt und der den Fluss aus den Muschelschalen singt, wenn ich gestorben bin? Sie zog sich die Bettdecke über den Kopf. Wo immer du bist, dachte sie, ich nehme Zuflucht im Gedächtnis des Wassers. Jeder Tropfen erzählt dir von mir, bis wir uns irgendwann wiedersehen. Margo fing lautlos an zu weinen. Sie wusste noch nicht, warum.

Die Nachricht von Margos Verschwinden hatte sich rasch im Dorf verbreitet. Sie suchten sie. Schließlich waren sie alle Nachbarn. Auf der Hauptstraße, am Ortsausgang, trafen sie auf Jan. Eine Gruppe von zehn, zwölf Bürgern, eine ganze Gesellschaft. Sie hatten im Wirtshaus zusammengesessen und getrunken, als die Nachricht von Margos Verschwinden kam. Einer erkannte Margos Regencape. Sie stellten Jan Fragen. Aber Jan war keiner, der gut auf Fragen antworten konnte. Er sagte lieber gar nichts. In dieser Sekunde, vor diesen aufgewühlten Männern, wirkte das wie ein Eingeständnis seiner Schuld. Jan wich zurück. Wie ein Wasserläufer auf dem eigenen Spiegelbild glitt er ins Dunkle, zum Fluss hin, die Männer schweigend und entschlossen hinter ihm her. Niemand wollte das wirklich. Es geschah einfach. Der

Lichtkegel eines Autos tastete über die Gruppe. Noch lange sah Jan das Licht in der Dunkelheit, als verspräche es einen Eingang, irgendwo.

Der Sommer ist bald vorbei, und es hat geregnet, und Jan läuft um das bisschen Wahrheit, das ihm in dieser Nacht noch bleibt. An der Kaimauer kann er nicht weiter. Vor ihm erstreckt sich das schwarze Band des Flusses. Auf der anderen Seite liegt das Nachbarland, da wo er herkommt. Fahle Lichter markieren den Grenzverlauf.

„Sag schon was", fordert einer. Aber Jan sagt nichts. Margo weiß, dass er nichts sagen wird. Er hat auch bei ihr nicht viel geredet. Nur gehalten hat er sie und immerzu ihre Hände gestreichelt.

„Sag schon endlich was!", rufen sie. Dann geschieht es. Es passiert einfach. Jan weicht weiter zurück. Sein Schritt greift ins Leere, sein Körper schlägt im Fallen an eine Bootsreling, sein Gedächtnis verstummt. Niemand hilft ihm. Sie sehen zu, wie sein lebloser Körper im Wasser davontreibt. Sie singen, so wie ihre Vorfahren gesungen haben, wenn sie am Fluss ihren Fang nach Hause gebracht hatten. Sie singen, damit sich etwas schließt in ihnen.

Margo kann es fühlen. Wie sein Herz schlägt in dieser Minute in ihrer Brust, wie es ihr Gedächtnis zum Schlagen bringt, als hätten sie immerzu Seite an Seite gelebt, als hätten sie ein ganzes Leben miteinander geteilt. Wenn sie morgen erwacht, kaum gehalten von Luft und Träumen, dann wird Jan tot sein und Margo im ersten Licht des Tages wie ein Wasserläufer in das eigene Spiegelbild tauchen. Niemand mehr wird sie finden. Jans Gedächtnis ist in ihr wie eine unaufhörlich leiser werdende Stimme, die nur durch die Dinge selber spricht.

Margo liegt im Ufersand des Flusses und denkt an Jan. Wenn jemand stirbt, den wir lieben, denkt sie, dann gehen wir auf eine lange Reise. Ein Leben lang, bis in die Stunde, die uns aufschließt, bis in die Stunde, die uns findet.

Daniel Mylow arbeitet als Oberstufenlehrer an der Freien Waldorfschule Hof. Der gebürtige Stuttgarter (Jahrgang 1964) ist zudem als freier

Verlagslektor und Korrektor tätig. Er machte eine Ausbildung zum Poesiepädagogen am Institut für Kreatives Schreiben, gewann schon verschiedene Literaturpreise und hatte zahlreiche Veröffentlichungen in Literaturzeitschriften und Anthologien.

Katrin Stehle

Spuren im Schnee

D ie Decke kratzt und riecht nach Katze. Es ist mir egal. Draußen vor dem Fenster wirbeln die ersten Schneeflocken durch die Luft. Sie sind winzig und vergehen sofort, wenn sie auf Gras oder Asphalt treffen. Manche landen auch auf der Scheibe. Ich strecke meinen Finger aus und zeichne ihre Spuren nach. Keine Ahnung, warum ich das tue. Aber ich mag Muster. Ich sammle sie sozusagen. Wenn wir ewig meditieren müssen, schaue ich mir die Muster auf dem Holzboden an. Das sage ich natürlich niemandem. Wir sollen uns schließlich mit dem Göttlichen verbinden, und Bruno würde die Muster sicher schrecklich banal finden. Trotzdem würde ich sie gerne jemandem zeigen. Sie sind nämlich eine ganze Welt. Und wenn Gott die ganze Welt gemacht hat, dann doch auch das Holz und die Muster drauf, oder? Vögel gibt es auf dem Boden, Schlingpflanzen und Monster. Manchmal stelle ich mir vor, wie sie miteinander reden. Dann spüre ich nicht so sehr, wie mir die Knie wehtun.

Draußen in dem weißen Wirbel ist plötzlich etwas anderes. Ein roter Schatten. Jemand ist dort. Ich sehe ihn oder sie gerade noch um die Ecke biegen. Das geht nicht. Immer bin ich die Erste, die draußen ist, wenn es anfängt zu schneien. Zumindest war ich das letztes Jahr. Und vorletztes auch. Länger kann ich mich nicht erinnern. Da war ich auch noch zu klein. Ich muss unbedingt auch nach draußen. Wenn ich mich beeile, merkt vielleicht niemand, dass ich nicht die Erste war. Ich springe vom Fensterbrett. Es poltert ein wenig. Vermutlich störe ich jetzt die Erwachsenen beim Morgengebet. Wir Kinder müssen nicht mehr mitmachen, seit Marlenes Lehrerin bei uns aufgetaucht ist und behauptet hat, dass Marlene zu wenig Schlaf habe. Weil sie in der Schule einfach eingeschlafen ist. Die Lehrerin ist so eine junge Engagierte. Nicht wie meine. Die sieht immer so aus, als könne sie es gar nicht erwarten, dass die Glocke läutet und sie nach Hause gehen kann. Bruno hat auf jeden Fall lange mit Marlenes Lehrerin geredet. Als sie endlich gegangen ist, hatten wir eine Versammlung. Sie habe noch nicht die richtige Stufe der Erleuchtung, hat Bruno gemeint. Aber trotzdem müssen wir vorsichtig sein, weil die Welt zurzeit noch von diesen Menschen regiert wird.

Ich schleiche also zum Ölofen hinüber. Wenn wir Kinder zu sehr stören, müssen wir uns immer beim Göttlichen entschuldigen. Das ist nicht besonders schlimm, aber irgendwie komme ich mir immer doof dabei vor. Wahrscheinlich habe ich auch nicht die richtige Stufe der Erleuchtung. Ich finde, dass meine Füße aussehen wie Katzenpfoten in den grauen Wollsocken. Bei einer Socke schaut vorne schon wieder die Zehe raus. Meine Hose fühlt sich ein wenig feucht und steif an, und der Pulli stinkt nach Schaf. Monika hat ihn aus der Wolle von unseren Schafen selbst gemacht. Ich mag ihn nicht besonders, weil er stinkt und kratzt und die anderen Kinder mich auslachen, weil er viel zu lang und eng für mich ist. Aber Bruno sagt, dass alle Heiligen Märtyrer sein müssen. Ich wäre manchmal lieber ganz normal und hätte eine rosa Schultasche mit einem Bild der kleinen Fee drauf.

Als ich die Tür aufmache, murmelt Ida irgendwas. Ich bleibe einen Moment ganz ruhig stehen und mache „Schtscht". Es funktioniert. Ida dreht sich um und kuschelt sich an Luisa.

Die dritte Stufe von oben knarrt. Deshalb mache ich einfach einen großen Schritt. Ich höre sie im Meditationsraum singen. Es sind immer die gleichen Worte. Du bist das Licht und das Leben ... Einmal habe ich Klaus gefragt, ob das Gott nicht viel zu langweilig ist, ob wir ihm nicht lieber Geschichten erzählen sollten. Klaus hat mir nur über den Kopf gestreichelt. Da habe ich gewusst, dass es keinen Sinn hat und das eine der Fragen ist, auf die ich keine Antwort bekomme. Manchmal ist es gar nicht so einfach, die richtigen Schuhe zu finden. Wir sind in den letzten Monaten so viele geworden, dass neben der

Tür ein riesiger Schuhberg liegt. Aber meine roten Gummistiefel entdecke ich doch. Ich habe sie von den Nachbarn bekommen, weil sie ihren Kindern viel zu klein sind. Wir haben hier nämlich nur braune Lederschuhe. Du bist das Licht und das Leben, wir sind das Licht und das Leben … Der Stiefel will nicht an meinen Fuß. Ich muss stampfen, damit er endlich reinrutscht. Es tut ziemlich weh. Egal. Ich will nicht, dass Ida sie bekommt. Als ich die Haustüre aufmache, riecht es nach Schnee. Ich mache einen Schritt und bin von Flocken umtanzt. Schnell ziehe ich die Tür hinter mir zu. Du bist das Li …

Mein Atem zaubert kleine weiße Wolken. Ich breite die Arme aus, drehe mich im Kreis und versuche Schneeflocken zu fangen. Es ist ein wenig kalt, wenn mir eine Schneeflocke auf die Arme oder ins Gesicht fällt und dort sofort schmilzt. Ein Tropfen kaltes Wasser. In der Schule habe ich gelernt, dass Schneeflocken kleine Kristalle sind und aussehen wie die Sterne, die wir dort aus Seidenpapier gebastelt haben. Seitdem hätte ich schrecklich gerne eine Lupe. Aber dafür haben wir kein Geld.

Der Schneefall wird stärker. Ich stelle mir vor, dass die ganze Welt verschwindet und nur noch ich da bin. Ich und der wirbelnde Schnee, eine Schneeprinzessin in ihrem eigenen Reich. Vorsichtig strecke ich die Zunge heraus und fange damit Flocken ein. Es tut gut, nimmt ein wenig von dem pelzigen Geschmack, den ich immer morgens habe, bevor ich meine Zähne putze. Flocken bleiben in den Obstbäumen hängen. Wie weißes Konfetti sieht das aus. Und auch die Wiese wird von einer Puderschicht bedeckt. Obwohl der Schnee so leicht ist, schafft er es doch, die Grashalme umzubiegen. Plötzlich höre ich ein schabendes Geräusch. Drüben beim Nachbarhaus steht eine vermummte Gestalt, die versucht den Schnee wegzukehren. Eine Woll- und Daunenrolle mit rotem Besen.

„Morgen, Lina", sagt die Rolle und da weiß ich, dass sich unter den Kleidern unser Nachbar Rudi befinden muss. „Ganz schön viel von dem Zeug, was?"

Ich nicke nur, weil ich nie genau weiß, was ich zu ihm sagen soll. Seine Frau hat mich einmal ausgefragt über unseren Glauben und so.

Ich habe versucht ihr alles zu erklären. Aber als Bruno und Klaus das herausgefunden haben, waren sie ziemlich böse mit mir. Manche der Geheimnisse sind nichts für Uneingeweihte. Die können damit nicht umgehen, sagen sie.

„Bist du dran mit Schaufeln? Wo hast du denn deine Mütze?", fragt die Rudi-Rolle.

„Hmhm", mache ich nur und gehe dann auf die andere Seite des Hauses. Dort kann ich super über den Zaun klettern und in den Wald gehen.

Aber so einfach, wie ich gedacht habe, ist es doch nicht. Der Weg ist total glatt. Immer wenn es leicht bergauf geht, gleite ich aus und rutsche wieder einen halben Schritt zurück. Hinterm Haus ist es außerdem ziemlich windig. Wie kleine Nadelstiche in meinem Gesicht. Ich ziehe den Hals ein und strecke ihn dann schnell wieder. Ich weiß nicht, was schlimmer ist, das Stechen des Windes oder das Jucken der Schafwolle. Der Wind riecht auf alle Fälle besser. In der Ferne kann ich immer noch das schabende Geräusch von Rudis Besen hören. Sonst ist es seltsam still.

Im Wald ist das Gehen dann einfacher. Hier liegt nur ganz wenig Schnee auf dem Moos. Vermutlich weil die Bäume so dicht stehen. Nur ab und zu kann ich ein Stück Himmel sehen. Himmel und Flockenwirbel. Schneegeruch vermischt sich mit Moos- und Blätterduft. Die Welt kommt mir frisch vor und neu. Ich versuche den Abhang hinaufzuklettern, weil oben keine Bäume wachsen und man von dort aus ins Nachbardorf sehen kann. Gerne würde ich sehen, wie die Flocken auf das hässliche Schulhaus fliegen. Vielleicht wird es dadurch schöner. Oder eine ganze Lawine kommt runter und alle haben Angst, dass das Dach einkracht und wir bekommen schulfrei… Aber obwohl auf dem Laub fast kein Schnee liegt, ist es furchtbar glatt. Ich muss mich an einem Strauch festhalten, um nicht hinzufallen. Dabei fällt mir eine ganze Ladung Schnee auf den Kopf und hinten in den Pulli. Es ist nass und kalt. Deshalb lasse ich es lieber und gehe weiter den Weg entlang. Der Wald kommt mir ein wenig fremd vor, weil es so dunkel ist. Deshalb bin ich froh, als ich endlich auf die Lichtung komme. Dort ist alles weiß und viel heller. Die ganze Lichtung, die normalerweise voll von grünem Sauerklee und Gänseblümchen ist, ist zugeschneit. Meine Stiefel verschwinden ein Stück weit im Schnee. Ich mache Spuren. Die Abdrücke meiner Stiefel sind gewellt. In der Mitte steht eine Zahl. 31. Ein Vogel schreit laut und krächzend.

Da entdecke ich jemanden. Oben auf dem Abhang steht ein Mensch auf einem Bein und streckt die Arme zur Seite. Er hat einen braunen Pullover an, genau wie ich. Ich weiß nicht, warum, aber ich möchte nicht, dass er mich sieht, und verstecke mich deshalb schnell hinter dem Hagebuttenbusch. Von dort kann ich ihn gut beobachten. Er wechselt das Bein. Hinter mir blubbert der Bach. Eine zweite Gestalt taucht oben am Hang auf. Jemand mit rotem Pullover. Sieht komisch aus, weil er oder sie die Füße total hochhebt beim Gehen, ein wenig wie ein Storch. Jetzt ist Rotpulli fast bei Braunpulli. Ein Arm wird ausgestreckt. Vielleicht wollen sie sich begrüßen. Aber der rote Arm trifft die braune Schulter und gibt ihr einen Stoß. Der Mensch im braunen Pullover stolpert, taumelt und fällt. Ein Stück saust er durch die Luft, dann beginnt er zu kullern. Kullert mit einer Wahnsinnsgeschwindigkeit den Hang hinunter über die Felsbrocken und Dornenbüsche. Das muss furchtbar wehtun. Er streckt die Hände aus und versucht irgendwas zu fassen. Es klappt aber nicht. Der Mensch fällt weiter und weiter. Er schreit. „Ahhhhhaaahhhh!" Gänsehaut auf meinem Rücken. Ich habe das Gefühl, eingefroren zu sein. Er hebt ab, fliegt über die große Felswand, in der wir im Sommer Versteinerungen gesucht haben, Ida, Marlene und ich. Eine Zeit lang saust er durch die Luft und schlägt dann unten auf. Auf der verschneiten Wiese. Es ist still. Bis auf das Blubbern des Baches und den Vogel, der noch einmal schreit. Ich sehe nach oben. Aber der Mensch im roten Pulli ist verschwunden. Gerade so, als wäre er nie dagewesen. Vielleicht war er das auch gar nicht. Ich bilde mir manchmal Sachen ein. Zumindest sagt Klaus das immer.

Meine Beine machen einen Schritt. Ganz automatisch. Fast so, als wären sie gar nicht meine Beine. Sie bewegen sich vorwärts auf den Menschen zu. Immer näher komme ich. Dabei weiß ich gar nicht, wie das geht, wie ich mich überhaupt bewegen kann, wo ich doch gefroren bin oder aus Glas. Wieder schreit der Vogel. Ich kann ihn sehen. Er ist schwarz und kreist direkt über mir. Mitten im Schneetreiben. Komisch.

Der Mensch liegt ganz komisch da. So wie ein normaler Mensch das eigentlich gar nicht kann. Nur die Gummimädchen, die ich im Sommer im Zirkus gesehen habe, den wir mit der Schule besucht haben. Marlene und ich haben versucht das nachzumachen. Aber es hat nicht geklappt. Der Mensch hat die Augen und den Mund weit aufgerissen. Schneeflocken fallen direkt darauf und schmelzen. Aus seiner Nase und seinem Mund kommt Blut, ein dünner, roter Faden, läuft auf seinen Pullover, der genauso aussieht wie meiner.

„Klaus", sage ich. Meine Stimme klingt krächzig und fremd. So, als würde sie gar nicht zu mir gehören. Er rührt sich nicht. Starrt immer noch mit seinen aufgerissenen Augen in den Himmel, in den Schnee. Über uns kreist der schwarze Vogel und schreit. Schreit und schreit.

Klaus lacht. Er hat einen Teigklumpen in der Hand, den er in meine Richtung schleudert. Ich ducke mich und sehe einen Augenblick lang nur noch Beine. Massenhaft Beine. Jemand lacht.

„Könnt ihr mal aufhören mit dem Scheiß? Das ist doch völlig kindisch, Klaus", sagt Maleika.

Sie steht da und hat die Arme in die Seite gestützt. Auf dem Küchentisch liegt ein großer Hefeteig, der von mehreren Händen geknetet wird. Ich nehme ein Stück. Dann schleiche ich mich von hinten an Klaus ran, springe hoch und stopfe den Teigknödel dorthin, wo eigentlich sein Mund sein müsste. Zwei Arme packen mich, seine Arme, und schleudern mich durch die Luft. Im Drehen sehe ich die Gesichter. Ida, Nils, Marlene, Luisa, Monika und all die anderen. Nur Bruno ist nicht da. Vor dem Fenster blühen Blumen. Nur noch vereinzelte, braunschwarze Schneereste. Es ist Frühling.

„He, lass mich", kreische ich.

Aber Klaus lacht nur und sagt. „Das hättest du wohl gerne, freche Kröte…" Dann drückt er mich an sich. Er riecht nach Kuchen, Kernseife und sich selbst. Ich drücke meine Nase an sein Hemd.

Und jetzt liegt er da und rührt sich nicht. „Klaus", sage ich. Dann beuge ich mich runter, packe seinen Arm und ziehe daran, schüttle ihn richtig. Er reagiert nicht, fühlt sich an wie eine Puppe. „Klaus", höre ich mich schreien, „Klaaaaus!" Nichts. Nur das Echo meiner eigenen Stimme und der blöde Vogel. Am liebsten würde ich einen Stein nach ihm werfen, damit er endlich den Schnabel hält! Immer noch fällt Schnee. Bedeckt das Gesicht mit der roten Blutspur. Nur die Augen bleiben frei. Zum ersten Mal fällt mir auf, dass Klaus' Augen blau sind. Ich beuge mich vor und wische mit dem Ärmel den Schnee aus seinem Gesicht. Blutspur auf brauner Wolle. Auch an Klaus' Wimpern kleben Schneeflocken. Ich versuche sie wegzupusten. Weiße Wölkchen kommen aus meinem Mund. Aber der Schnee bleibt nicht liegen. Nur ein paar Flocken verwandeln sich in Wasser. Kleine Kristalle an Federwimpern.

Ich drehe mich um. Meine Beine fangen an zu rennen. Ich renne über die Lichtung, manchmal rutsche ich ein wenig aus. Aber es ist mir egal. Die Schneeflocken in meinem Gesicht mischen sich mit der salzigen Flüssigkeit, die aus meinen Augen kommt. Ich renne durch den Märchenwald und sehe nichts. Höre nur immer wieder den Vogel. Habe das Gefühl, dass er mir nachfliegt, mich verfolgt. Unendlich lange renne ich.

Die anderen sind fertig mit dem Morgengebet. Sie schaufeln Schnee wie Rudi, der mittlerweile eine schneebedeckte Wurst ist. Ich mache das Gartentor auf. Zum ersten Mal fällt mir auf, wie ähnlich alle Leute bei uns aussehen. Alle haben dieselben handgestrickten, braunen Pullover. Nur eine nicht. Monika. Sie steht aber nicht bei den anderen. Ich sehe, wie sie ins Haus geht. Maleika sieht mich als Erste. Sie breitet die Arme aus. Normalerweise mag ich es nicht besonders, wenn mich jemand betatscht. Ich bin schließlich kein Baby mehr. Aber jetzt ist es gut. Maleika riecht nach Kräutertee.

„Was ist denn, Süße?", fragt sie leise. Ich kann ihren Atem an meinem Ohr spüren.

Aber irgendwas ist mit mir passiert. Ich kann nicht mehr sprechen. Rotz fließt aus meiner Nase auf ihren Pullover, in ihr Haar. Sie kümmert sich nicht darum, sondern wiegt mich sanft hin und her.

Über ihre Schulter hinweg sehe ich Rudi und die anderen Nachbarn. Sie haben sich alle auf seiner Einfahrt versammelt und starren zu uns hinüber.

„Vielleicht sollten wir Bruno holen?", höre ich jemanden fragen. Plötzlich taucht eine Hose dicht vor mir auf. Die Knie werden gebeugt. Alexanders Gesicht vor dem meinen.

„Was ist denn?", fragt er.

Noch immer kann ich nicht sprechen. Mein Mund klappt zwar auf, aber kein Laut kommt raus. Ich sehe, wie Alexanders Gesicht steif wird und auf irgendetwas starrt. Meinen Ärmel. Das Blut auf meinem Ärmel. Er schluckt. Sein Adamsapfel hüpft ein paar Mal auf und ab.

„Ich glaube wir sollten dringend Bruno...", sagt er schließlich. Aber seine Stimme klingt ganz anders, nicht wie sonst.

Er steht auf, verschwindet. Wieder kann ich Rudi sehen. Rudi, der auf unseren Zaun zukommt, immer größer wird.

„Brauchen Sie Hilfe?", fragt er.

Ich spüre, wie Maleika zusammenzuckt.

Niemand sagt etwas.

Plötzlich Schritte. Feste Schritte. Und eine sichere Stimme. „Vielen Dank, aber das schaffen wir schon", sagt Bruno.

Rudi murmelt etwas. Ich sehe, wie er die Achseln zuckt und zu den anderen Nachbarn zurückgeht. Die alte Mühlbauer gibt ihm den Besen, den sie für ihn gehalten hat, zurück. Sie unterhalten sich kurz miteinander. Dann zerstreuen sie sich, gehen vermutlich alle auf ihre Grundstücke zurück. Aber das kann ich nicht mehr sehen. Weil mir eine Hand an die Schulter fasst und mich umdreht, weg von Maleika. Mir ist plötzlich kalt. Ich sehe direkt in Brunos große, braune Augen.

„Was ist los, Lina?", fragt er.

Als ich den Mund aufmache, kommt nur ein Schluchzen raus.

„Gehen wir besser alle rein. Hier draußen holt man sich noch was", sagt Bruno und seine Stimme klingt wie immer, stark, sicher. Aber er lässt meine Schulter los, und ich drücke mich wieder an Maleika, klammere mich an ihr fest wie ein kleines Kind.

„Lina, sei vernünftig. Du bist doch kein Baby mehr ... Maleika?" Plötzlich klingt er nicht mehr ganz so sicher. Ich sehe, wie er sich auf die Lippe beißt.

Maleika sagt auch nichts, sie wiegt mich in ihren Armen hin und her.

„Wir können doch nicht ewig hier draußen bleiben, begafft von den Nachbarn", sagt Bruno, „Das bringt doch nichts!"

Er macht eine Geste mit der Hand, sieht aus, als wolle er uns ins Haus zurücktreiben. Trotzdem rührt sich niemand. Dabei machen normalerweise alle, was er sagt.

„Lina, Süße ...", Maleikas Stimme dicht an meinem Ohr. Ihre Hand streichelt meine Haare. Und da kann ich endlich wieder sprechen. Nur ein Wort sage ich, leise: „Klaus".

Bruno hat es trotzdem gehört. „Was ist mit Klaus?", fragt er.

Sie folgen mir alle. Nur die ganz kleinen Kinder sind mit Alexander zu Hause geblieben. Eine ganze Gruppe mit braunen Wollpullis auf dem Weg in den Wald. Auch Monika hat sich umgezogen. Sieht jetzt aus wie wir alle. Sie ist die Letzte. Maleika hält meine Hand. Wir folgen meinen Fußspuren vom Rückweg. Gewellten Spuren mit einer 31 drin. Manche sind ein wenig verwischt. Immer dort, wo ich gerutscht bin. Bruno stapft neben Maleika und mir her. Ida und Luisa dicht hinter uns an Justus' Hand. Wir gehen ziemlich schnell. Luisa stolpert und fällt beinahe hin. Aber Justus zieht sie einfach weiter. Ich höre sie schniefen. Niemand reagiert. Überhaupt spricht niemand. Ich höre nur das Atmen der anderen. Manche keuchen ein wenig. Und den Vogel. Er ist noch immer da. Schreit über uns. Wir erreichen die Lichtung, und alle sehen ihn im Schnee liegen. Klaus. Er sieht ein wenig aus wie ein Schneemann. Einer, der umgekippt ist, weil er viel zu dünn war. Bruno fühlt seinen Puls. „Gott hat ihn zu sich genommen. Er ist aufgegangen im ewigen Sein seines Lichtes", sagt er zu uns. Dann nimmt er sein Handy heraus und ruft den Krankenwagen. Luisa, Ida und Marlene weinen. Maleika und ein paar andere Frauen wischen sich über die Augen. „Geht ihr schon mal nach Hause. Es macht keinen Sinn, wenn wir alle auf den Krankenwagen warten", sagt Bruno.

Wir warten alle im Speiseraum. Aber niemand hat Hunger. Deshalb kocht Maleika Kakao, ausnahmsweise. Ich habe das Gefühl, dass meiner nach Blut schmeckt und nach Schnee. Deshalb trinke ich nur einen winzigen Schluck. Draußen schneit es noch immer. Dichte Flocken, die aussehen wie Wattebäusche. Eigentlich ist es komisch, dass Schnee kalt ist, wo er doch so weich und flauschig wirkt. Es dauert ungefähr eine Stunde, bis Bruno zurückkommt. So genau weiß ich das nicht. Wir haben keine Uhren hier. Nur Bruno hat einen Wecker. Den braucht er, damit er uns Kinder rechtzeitig wecken kann, wenn wir zur Schule müssen.

„Wir halten eine Andacht für ihn", sagt er, „für uns zur Erinnerung. Denn Klaus ist jetzt glücklich. Er ist aufgegangen im großen Licht."

Ich sehe die anderen nicken.

Gesichter sehen viel schöner aus im Kerzenschein. Justus und Maleika trommeln. Bam, bam, bam... immer gleichmäßig. Die Erwachsenen nicken mit den Köpfen. Monika hat die Augen geschlossen. Das Baby liegt auf ihrem Schoß und schläft. Meine jüngste Schwester. Im Moment kann ich mich nicht an ihren Namen erinnern. Ich habe so viele Geschwister. Ich suche die Welt auf dem Holzboden. Sie ist verschwunden. Da, wo gestern noch Vögel waren, Schlingpflanzen und Monster, sind jetzt nur noch Rillen. Rillen und Astlöcher. Totes Holz. Bruno fängt an zu summen, macht dann den Mund auf und singt. Du bist das Licht und das Leben, wir sind das Licht und das Leben... Wieder und immer wieder. Die anderen stimmen ein. Mein Mund bleibt zu. Da spüre ich seinen Blick. Brunos braune Augen auf mir. Ich zittere ein wenig und mache dann den Mund auf. Tue so, als würde ich mitsingen. Dabei formen meine Lippen nur stumm die Worte. Du bist das Licht und das Leben...

Am Nachmittag klingelt es an der Tür. Ich mache auf. Draußen stehen zwei Polizisten. Einer ist dick und groß, der andere dünn. Trotzdem sehen sie total ähnlich aus in ihren grün-braunen Uniformen. Sie haben Schneeflocken auf den Schultern und im Haar. An ihren Gürteln hängen Pistolen. Ich wüsste gerne, ob sie damit schon mal jemanden erschossen haben. Oder ob sie wissen, wie Blut riecht, wenn es an deinem Ärmel klebt.

„Guten Tag", sagt der Dicke, und der Dünne murmelt nur irgendwas.

„Guten Tag", sage auch ich. Schließlich weiß ich, wie man Erwachsene begrüßt.

„Einer, der hier wohnt, hatte heute einen Unfall. Ein gewisser...", der Dünne räuspert sich und schaut schnell auf seinen Notizblock, „Klaus Seeger. Wir würden gerne einige Fragen an denjenigen stellen, der ihn gefunden hat."

Ich nicke und merke, wie meine Hände ganz taub werden, wieder anfangen zu gefrieren. Hinter den beiden tanzen die Schneeflocken. Plötzlich vermisse ich den schwarzen Vogel.

„Wie heißt du denn, Mädchen?", fragt der Dicke und sieht mich freundlich an.

„Lina", sage ich und weil er auf etwas zu warten scheint, schlucke ich und sage dann: „Lina Seeger". Dabei schaue ich auf seine Schuhe. Sie sehen nass aus. Vielleicht hat er kalte Füße.

„Bist du die Tochter von Klaus Seeger?", fragt der Dünne.

Und wieder nicke ich.

Ich höre, wie der Dicke sich räuspert. „Kannst du vielleicht denjenigen holen, der ihn gefunden hat?", fragt er dann. Seine Stimme klingt ein wenig verlegen, so als wüsste er nicht genau, wie er mit mir reden soll.

Da entdecke ich den Vogel wieder. Er sitzt auf einem der Pfosten des Gartenzauns, mitten auf einer Schneehaube. Meine Hände fangen an zu kribbeln und ich habe das Gefühl, ein wenig zu tauen.

„Ich war das", höre ich mich sagen, „ich habe ihn gefunden." Ich klinge ganz anders als sonst. Sicher irgendwie, so als wäre ich längst erwachsen. Der Vogel krächzt einmal laut, als würde er mir recht geben. Ein Luftzug hinter mir. Jemand kommt aus der Stube.

„Dürfen wir einen Moment reinkommen?", fragt der Dicke.

„Aber selbstverständlich. Guten Tag, die Herren", sagt Brunos Stimme hinter mir.

„Wir würden uns gerne mit Lina unterhalten, sie hat uns erzählt, dass sie diejenige war, die Klaus Seeger gefunden hat", sagt der Dünne und macht einen Schritt in den Flur, an mir vorbei.

„Ach." Aus Brunos Mund kommt ein komischer Lacher, der nicht ganz echt klingt. „Tut mir leid. Sie ist, verständlicherweise, ein wenig durcheinander. Ich war derjenige, der ihn gefunden hat."

„Ach so… ja…" Der Dicke klingt ein wenig verwirrt. Er sieht mich an, die Unterlippe leicht vorgeschoben.

„Folgen Sie mir nur…", sagt Bruno, und die beiden gehen an mir vorbei auf ihn zu. Ich starre auf Brunos Rücken. Du sollst nicht lügen. Wer lügt, bekommt eine schwarze Aura und ist dem Göttlichen fern.

„Aber…", sage ich.

Bruno und die beiden Polizisten drehen sich zu mir um. Bruno sieht mich direkt an. Seine Augen sind zwei Steine. Kalte, dunkle Steine.

Ich weiche ihnen aus. Schaue das Loch in meiner Socke an. Dann nicke ich kurz.

„Geh wieder in die warme Stube", sagt Bruno zu mir, „das ist einfach ein wenig viel für ein kleines Mädchen. Und wir gehen in die Küche." Bruno schiebt die Polizisten vor sich her.

Ich gehe zur Tür, um sie zu schließen. Der schwarze Vogel scheint mich anzusehen. Ich glaube, seine Augen sind gelb. Er schlägt zweimal mit den Flügeln, hebt ab, fliegt einen Kreis und verschwindet dann in Richtung Wald. Ich mache die Tür zu.

Später trägt Bruno den Wecker in das Zimmer neben dem unseren. Dort haben bis jetzt Monika, Klaus und das Baby geschlafen. Jetzt schläft Bruno in Klaus' Bett. Er kommt in unser Zimmer, sieht uns der Reihe nach an, Ida, Luisa, Marie und mich. „Mädchen", sagt er und seine Stimme klingt ganz feierlich, „ich schlafe von nun an im Bett eurer Mutter. Denn wir sind alle eine große Familie. Eine Familie von Auserwählten. Wir müssen zusammenhalten und dem Licht dienen. Damit es nie von der Dunkelheit, die überall auf der Welt herrscht, verdrängt wird. Dafür brauchen wir auch viele Kinder des Lichts, Kinder wie euch…"

Als es dunkel wird, treffen wir uns zur Sonntagsmeditation. Die habe ich immer am liebsten, weil Maleika da Geige spielt. Wenn sie spielt, rührt sich immer was in meinem Bauch, so als würde ich plötzlich ganz leicht werden und Flügel bekommen. Sie hat mir versprochen, dass sie mir spielen beibringt, im Sommer. Wenn Bruno es erlaubt. Als sie heute zu spielen anfängt, muss ich an den Vogel denken. Ob er wohl einen warmen Platz hat, an dem er schlafen kann? Neben dem Kachelofen hängt ein Wollpullover. Er gehört Monika. Ihre Mutter hat ihn ihr einmal gestrickt. Damals, als wir noch Kontakt zu ihr hatten. Er ist rot. Maleikas Lied ist zu Ende. Sie beginnen wieder zu singen. Du bist das Licht und das Leben, wir sind das Licht und das Leben ...

Draußen schneit es noch immer. Ich glaube nicht, dass es irgendwann wieder aufhört.

Katrin Stehle lebt als Workshop-Leiterin, freiberufliche Dozentin und Autorin in Berlin. Sie schrieb parallel zur Diplomarbeit in Sozialpädagogik ihren ersten Roman, für den sie das Literaturstipendium der Stadt München erhielt. Sie wurde 1972 im Allgäu geboren, arbeitete u. a. als Schauspielerin und Krankenhausclown und veröffentlichte drei Jugendbücher. 2001 bekam sie für ihre Texte den Literaturförderpreis des Freistaats Bayern.

Cornelia Lotter

Scherben

D as Letzte, an was ich mich erinnern kann, ist das Geräusch von splitterndem Glas. Und an einen scharfen Schmerz, der mir wie eine tollwütige Katze ins Gesicht springt.

Als ich aufwachte, hatte ich das Gefühl, ein zu enger Sturzhelm umspanne meinen Kopf. Kein einziger Muskel gehorchte meinen Befehlen. Nur die Augen taten noch ihren Dienst. Und mit denen sah ich, dass mein mühsam hochgehobener Arm von oben bis unten bandagiert war. Ebenso wie der andere. Die Beine konnte ich unter der Decke nicht sehen, doch sie fühlten sich an, als lägen schwere Sandsäcke darauf. Irgendwann schob sich ein freundlich lächelndes Gesicht in mein Blickfeld, und ich las die Worte mehr von den Lippen ab, als dass ich sie verstand. Dass ich in einem Krankenhaus war, hatte ich schon selbst vermutet, und ein Blick in den bereitgehaltenen Handspiegel zeigte mir eine ägyptische Mumie. Nur die Augen blickten aus zwei Löchern und die Lippen. Auch die Nasenlöcher waren frei. Ich war zu benebelt, um wirklich geschockt zu sein. So geschockt, wie es mein Zustand eigentlich verlangt hätte. Eher fühlte ich mich wie unter einer dicken Watteschicht. Alles drang nur gedämpft zu mir: die Geräusche, die Gefühle und Gedanken. Sie hatten mich sicher mit Morphium bis zur Halskrause abgefüllt.

Meine Träume, in denen ich mich in jenen Tagen bewegte, waren denen ähnlich, die ich hatte, als ich in unserer Studenten-WG mit Rauschmitteln experimentiert hatte. Marihuana, LSD, Amphetamine,

Ecstasy. Wenn es nach mir gegangen wäre, hätte dieser Zustand ewig dauern können. Ohnehin wusste ich nicht, woher ich eigentlich kam und ob dort jemand auf mich wartete. Besuch erhielt ich auch nie. Manchmal schob sich sehr störend ein Gedanke in mein Zuckerwatteschweben: Hatte ich überhaupt keine Freunde? War ich meiner Familie so wenig wert, dass sie mich nicht einmal im Krankenhaus besuchten? Wussten sie überhaupt, dass ich zwischen Leben und Tod schwebte?

Schweben. Das war mein Lieblingszustand. In meinen Träumen sah ich immer häufiger ein Gesicht. Ein bestimmtes Gesicht, dem ich allmählich auch einen Namen zuordnen konnte: Tobias. Er hatte irgendetwas mit meiner letzten klaren Erinnerung zu tun: dem splitternden Glas. Hatte ihn jemand benachrichtigt? Warum war er noch nicht da gewesen?

Allmählich kehrten die Erinnerungen zurück. Und die Schmerzen. Ich flehte mit meinen Augen um Morphium, doch die Schwester schüttelte lächelnd den Kopf. Wir wollen Sie doch nicht süchtig machen! Schnepfe!

Tobias arbeitet im selben Versicherungsbüro wie ich. Büro ist leicht untertrieben. Unsere Gesellschaft sitzt in einem Riesenglaskasten, mit Kantine und Cafeteria, verglasten Fahrstühlen und Springbrunnen im Atrium. Wir begegneten uns das erste Mal beim Mittagessen. Und es war Liebe auf den ersten Blick. Das spürt man. Und seine Blicke waren eindeutig. Von meinem Schreibtisch aus hatte ich gute Sicht in den Flur, durch den man auf den Weg zum Fahrstuhl gehen musste. Wenn Tobias dort um die Mittagszeit vorbeikam, machte auch ich Pause, und wir trafen uns in der Kantine. Er mochte am liebsten Fleisch und Salat. Dessert nahm er fast nie. Manchmal verpasste ich ihn auch, schließlich kann ich nicht immer mit meinen Augen an der Glasscheibe kleben. Irgendwann ging er dann nicht mehr in die Kantine, sondern zum Italiener um die Ecke. „Da Giovanni". Aber das war mir auch recht. Auch wenn es meine finanziellen Möglichkeiten eigentlich überstieg. Denn ich zahle gern für mich selbst. So emanzipiert möchte ich schon sein.

Ursprünglich kommt Tobias ja aus Berlin. Ich habe mir seine Personalakte besorgt. War gar nicht so schwer, da ranzukommen. Ob er das Großstadtleben satt hatte? Oder ob er vor jemandem davongelaufen ist, so wie Bernd und Georg vor mir? Tobias ist nicht so bindungsunfähig wie die beiden. Er wird mich nicht verlassen, da bin ich mir sicher. Seit ich weiß, was er verdient, wundert es mich nicht mehr, dass er sich eine Wohnung im besten Viertel der Stadt leisten kann. Dort ist er meist am Abend und ruht sich von seinem anstrengenden Job aus. Aber manchmal gehen wir auch ins Kino. Er mag dieselben Filme wie ich. Er ist ein Romantiker. Etwas, das man bei Männern nicht so oft findet. Er sehnt sich nach der wahren Liebe. Aber nun hat er ja mich. Ich werde ihn nicht enttäuschen wie die Schlampen, die er vor mir hatte. Die ihn und seine Qualitäten nicht zu schätzen wussten.

Letzte Woche hatte er Geburtstag. Ich habe ihm eine einzelne langstielige rote Rose schicken lassen. Mit einem Zettel dran: von einer Verehrerin. Er hat sicher gewusst, dass sie von mir ist. Denn kurz darauf ging er an meinem Büro vorüber und warf mir so einen wissenden Blick zu.

Es braucht nicht viel Worte für eine funktionierende Beziehung. Dem ganzen Gequassel wird viel zu viel Bedeutung beigemessen. Zusammen schweigen können nur wenige. Bernd war Weltmeister im Ausdiskutieren. Warum und wieso und weshalb? Gebracht hat es auch nichts. So sehr ich seinem Wunsch nach Erörterung angeblicher Beziehungsprobleme nachgekommen bin, letztendlich hat er mich doch verlassen. Vielleicht war ich auch einfach zu ehrlich. Habe ihm Dinge gesagt, die er gar nicht hören wollte. Den Fehler werde ich bei Tobias nicht wieder machen. Wichtig ist nur, dass wir zusammen sind. Was soll das ganze Gerede?

Warum schauen mich die Schwestern und Pfleger immer so komisch an, wenn sie die Verbände wechseln? Und warum weichen mir die Ärzte immer aus, wenn ich frage, was eigentlich passiert ist?

Ab und zu schicke ich Tobias eine Postkarte nach Hause; man muss etwas für die Beziehung tun, dem anderen immer wieder versichern, wie viel wert er einem ist. Ein Gedicht oder eine schöne Fotografie – die Natur liebt er genau wie ich. Manchmal stecke ich sie auch persönlich in seinen Kasten; ins Haus zu kommen ist gar nicht so schwierig. Bei der Gelegenheit schaue ich gleich nach, wer ihm sonst noch so schreibt. Im Briefeangeln habe ich es mittlerweile zu einer gewissen Meisterschaft gebracht. Und manche Briefe erspare ich ihm. Es gibt doch immer wieder Schlampen, die nicht merken, wenn sie nicht mehr erwünscht sind. Er hat doch jetzt mich, wozu braucht er da noch andere?

In die Wohnung zu kommen war da schon etwas schwieriger. Aber ein Anruf beim Schlüsseldienst und mein schauspielerisches Talent sowie ein großzügiges Trinkgeld haben sich hier als sehr hilfreich erwiesen. Und vom Ersatzschlüssel, der am Schlüsselbrett hing, habe ich dann einen Abdruck gemacht – das hatte ich so mal im Fernsehen bei einem Krimi gesehen. Er hat wirklich eine sehr geschmackvoll eingerichtete Wohnung. Ich habe nichts dagegen, sie zu behalten, wenn wir zusammenziehen. Nur seinen Bildergeschmack teile ich nicht ganz. Zu modern. Ich mag Bilder nicht, auf denen ich nicht erkennen kann, was dargestellt ist. Aber sicher werden wir uns einigen.

Wenn ich frage, wann ich entlassen werde, vertrösten mich die Ärzte. Es seien noch andere Untersuchungen nötig. In einer anderen Klinik. Wo, will mir keiner sagen. Die Schmerzen werden stärker, vor allem im Kopf. Ich bekomme nicht genug Medikamente. Sie wollen, dass ich leide. Warum bloß?

Die Erinnerungen kommen zurück. Jetzt weiß ich auch, was an diesem Tag passiert ist, bevor ich ins Krankenhaus eingeliefert wurde.

Es war in der Mittagspause. Ich war unruhig, weil Tobias noch nicht vorbeigekommen war. Als ich in seiner Abteilung anrief, erfuhr ich, dass er Urlaub hatte. Der Kollege lachte dabei so komisch. Irgendetwas zog mich zu unserem Italiener hin. Je näher ich dem Restaurant kam, desto schneller rannte mein Herz. Schneller, als meine Füße laufen konnten. Mein Herz war den Füßen immer voraus. Poch, Poch, Poch-Poch-Poch. Fast hätte mich beim Überqueren der Straße ein Auto erfasst. Ich höre noch das laute Hupen. Hatte ich einen Verkehrsunfall? Nein, ich erreiche die andere Straßenseite. „Da Giovanni", da steht es über den großen Fensterscheiben. Rot. Rot wie Blut. Doch ich komme nicht hinein. An der Tür hängt ein Schild: „Geschlossene Gesellschaft". Ich drücke mein Gesicht an die Scheibe, will sehen, was sich im Inneren abspielt. Warum bin ich nur so aufgeregt? Oje, mein Kopf! Jetzt sind die Schmerzen wieder so stark, ich brauche dringend eine Tablette. Da sitzt er. Tobias. Im schwarzen Anzug, mit weißem Hemd und einer Fliege. Am Mittag? Hat er eine so wichtige geschäftliche Besprechung? Eine Betriebsfeier? Neben ihm sitzt eine Frau. Sie hat ein weißes Kleid an und auf dem Kopf einen Schleier. Vor ihnen stehen Sträuße mit Rosen, und ein älterer Mann steht auf, sagt etwas und prostet den beiden mit einem Sektglas zu. Jetzt, oh Gott, sie küssen sich. Und alle klatschen und pfeifen. Die Pfiffe gellen in meinen Ohren. Das kann doch nicht wahr sein! Es muss alles ein riesengroßer Irrtum sein. Er liebt doch mich! Nur mich allein! Lasst mich zu ihm, ich muss mit ihm sprechen, er gehört mir, nur mir!

Dann splitterndes Glas. Schreie. Und Stille. Eine rote Stille, die mich sanft einhüllt und wiegt wie ein Baby. Jetzt wird er es bereuen. Und zu mir zurückkommen. Niemand verlässt mich. Niemals mehr.

Cornelia Lotter ist gebürtige Weimarerin (Jahrgang 1959) und lebt heute in Tübingen. Die Sekretärin hat einige von Schriftstellern geleitete Schreibzirkel besucht und schon viele Texte in Zeitschriften und Anthologien veröffentlicht. Sie hat ein eigenes literarisch-musikalisches Programm im Vorstadttheater Tübingen und trägt ihre Texte regelmäßig auf Lesungen vor.

Andreas Kurz

Zu wenig zu viel

Alles begann mit diesem Wisch von der Krankenkasse. Ich hielt es erst für Werbung und wollte es wegwerfen, schon wegen dem fetten Schwein auf dem Umschlag, ein Typ mit Schmerbauch, der gerade in einen Hamburger biss. Die Mayonnaise quoll ihm durch die Wurstfinger, er stand in lächerlich karierten Unterhosen auf der Waage und darunter leuchtete in grüner Blockschrift: LEICHTER LEBEN BESSER LEBEN, auch Sie können es jetzt schaffen. Was ich für eine Massendrucksache hielt, entpuppte sich als persönliches Anschreiben, in dem mir mitgeteilt wurde, dass ich wegen meines erheblichen Übergewichts und der drohenden Fettsucht in Zukunft den dreifachen Beitrag zu bezahlen hätte. Wäre ich allerdings bereit, auf einer Kur meine Bereitschaft zur Verhaltensänderung zu beweisen, könnte ich es vermeiden.

Nun, ich muss zugeben, ich lachte erst nur darüber, denn wenn ich etwas in meinem Leben niemals war, dann zu dick. Im Gegenteil, als Kind bekam ich Tropfen, weil ich keinen Hunger hatte und auch später war Essen nie ein Problem. Bei 1,77 m Körpergröße bringe ich kaum mehr als 65 Kilo auf die Waage, ich bin, das muss ich zugeben, eher ein halbes Hemd. Optisch jedenfalls. Ich treibe Sport und das nicht zu knapp, sogar den Stadtmarathon lief ich schon mit.

Meine Krankenkasse unterhält ein Büro ganz in der Nähe. Dort stellte ich mich in die Reihe und als ich endlich drankam, klatschte ich der Kuh am Tresen den Wisch vor die Nase und sagte, na, das sei ja wohl ein schlechter Witz, wie sie denn da drauf kämen.

Sie rückte sich die Brille zurecht, krauste die Stirn und fragte: „Wieso?"

„Schauen Sie mich doch an", knurrte ich. „Seh ich vielleicht aus wie euer Mastschweinchen da auf dem Kuvert?"

Ich tippte mit dem Finger drauf.

„Dafür bin ich nicht kompetent", sagte sie, „das läuft alles über unsere Zentrale. Sie können natürlich Einspruch erheben, wenn Sie die Kur ablehnen, hier unten müssen Sie es ankreuzen."

Also legte ich Einspruch ein und hielt die Sache für erledigt, bis ich zwei Monate später die Aufforderung bekam, mich bei einem Vertrauensarzt der Kasse vorzustellen. Wenn ich dazu nicht bereit wäre, würde sich mein Beitrag wie angekündigt verdreifachen, Hochachtungsvoll und so weiter. Ich hab ein wenig herumgeschrien, zu Hause, in meinem Wohnzimmer, aber es half alles nichts. Obwohl ich extra einen Termin vereinbart hatte, war das Wartezimmer proppenvoll und ich musste stundenlang in Golfsport-Magazinen aus den Siebzigern blättern.

Der Arzt war genervt und sein Händedruck lasch. Er wies mich an, ich solle mich entkleiden, dann vergrub er seine Nase in irgendwelchen Unterlagen auf dem Schreibtisch.

„Alles", sagte er, als ich in Unterhemd und Unterhose auf dem kalten Linoleum stand. Ich tat ihm den Gefallen.

„Na, bin ich zu dick?", fragte ich ihn triumphierend.

Er ignorierte mich vollständig. Als seine Sprechstundenhilfe hereinplatzte, wurde ich rot.

„Ach, wie süß", sagte diese dumme Nuss und grinste.

Der Arzt nagte am Bügel seiner Lesebrille und fragte: „Warum haben Sie Widerspruch eingelegt?"

Ich stemmte triumphierend die Hände in die Hüften. „Na, weil ich nicht dick bin."

„Warum sind Sie nicht dick?"

Ich stutzte. „Was für eine blöde Frage. Ich weiß ja nicht mal, wie Sie drauf kommen."

„Nun, das sind Stichproben, die ein Computer aus Ihrem Datenmaterial nach dem Zufallsprinzip schöpft."

„Was denn für Daten?" Ich stemmte meine Hände in die Hüften.

„Zum Beispiel aus Ihren Einkäufen. Ich sehe hier, dass Sie einen überhöhten Fastfood-Faktor aufweisen, auch erkenne ich eine deutlich überproportionale Menge an Colagetränken und Chipstüten, die Sie öfters an Tankstellen kauften..."

Ich unterbrach ihn. „Woher wollen Sie wissen, dass ich das war?"

Er lächelte. „Nun, es wurde mit Ihrer ec-Karte bezahlt."

„Na und?" Ich stampfte auf den kalten Boden. „Manchmal lade ich meine beiden Neffen ein."

„Ihre Neffen, soso." Er schüttelte den Kopf. „Die durchschnittliche Zucker- und Fettrate Ihrer Einkäufe weist dennoch unzweifelhaft eine äußerst ungesunde Tendenz auf, sowohl Ihr Schokoriegel-Index als auch Ihr Fertiggericht-Faktor sind deutlich im roten Bereich..."

„Na, und wenn schon", polterte ich. „Was geht Sie das an?"

Er schwang seine Brille durch die Luft und lächelte überheblich.

„Oh, guter Mann, mir ist das natürlich egal, doch reden wir hier über die Inanspruchnahme öffentlicher Leistungen und da müssen wir schon aus Rücksicht auf die anderen Versicherten sehr genau hinsehen."

Ich schlug mir mit der Hand auf die Brust. „Dann sehen Sie jetzt her. Bin ich zu dick?"

Der Arzt blätterte weiter in seinen Unterlagen.

„Ich finde auch nirgends Beiträge für ein Fitness-Studio oder einen Sportverein."

„Ich gehe lieber in den Wald zum Laufen."

„Soso... Und wo sind Belege für Laufschuhe? Diese müssten doch regelmäßig verschleißen." Der Arzt lächelte großspurig.

Mir wurde dagegen heiß. „Hab ich mir aus Amerika mitgebracht."

„Umso besser, dann gibt es eine Kreditkartenabrechnung..."

Ich wurde rot. „Ein Kollege war in den USA... also, im letzten Jahr."

„Ein Kollege..." Der Arzt winkte ab. „Sehen Sie, das ist das Problem, es wird so viel gelogen, auch sich selbst machen die meisten etwas vor. Darum gibt es jetzt dieses Programm. Aus dem Datenpool objektiv gesammelter Fakten errechnet es Wahrscheinlichkeiten und setzt es selbsttätig um. In Zukunft soll es angepasste Tarife für Risikogruppen geben. Jeder hat es dann in der Hand, seinen persönlichen Beitrag mitzubestimmen. Zum Beispiel durch gesunde Lebensweise."

Nackt, wie ich war, drehte ich mich vor ihm im Kreis. „Ich bin nicht dick!", rief ich entschlossen aus und zog meinen flachen Bauch dazu noch ein.

„Sie haben aber eine sehr hohe Wahrscheinlichkeit für extremes Übergewicht, das müssen Sie zugeben."

„Nun sehen Sie mich endlich an!", schrie ich.

Der Arzt lehnte sich zurück und betrachtete die Decke.

„Sie glauben also, eine Kur nütze Ihnen nichts?"

„Richtig."

Der Arzt schüttelte amüsiert den Kopf. „Guter Mann, ich kreuze das hier gerne für Sie an, kein Problem. Allerdings werden Sie danach in Zukunft das Vierfache des Bisherigen bezahlen müssen, denn dann gelten Sie nicht nur als übergewichtig, sondern auch noch als unbelehrbar. Das ist fast die Schlimmste aller Möglichkeiten."

„Ich bin nicht dick", stammelte ich.

So kam ich also im regnerischen Frühling nach Bad Breynlesheim an der Neck, ein Ort so schön wie eine Sommergrippe. Ein rechteckiges Kurheim neben dem anderen, vollkommen austauschbar, der Architekt muss einen guten Fotokopierer haben. Ich war der einzige in meiner Gruppe, der unter hundert Kilo wog, selbst bei den Frauen. Entsprechend beliebt war ich, kaum einer wollte mit mir reden. Morgens gab es Obst, mittags Gemüse und abends Salat. Dazwischen Kamillentee ohne Zucker. Jeder von uns musste sich ein Gewichtsziel setzen und das auf seine persönliche Tafel im Flur schreiben. Mein

Ziel waren die 65 Kilo, die ich bereits hatte. Ich dachte belustigt an die Gesichter der anderen, wenn ich nun normale Essensportionen erhalten würde, doch man teilte mir mit, das gäbe es in diesem Haus nicht, schon aus dem hehren gesellschaftlichem Prinzip der Solidarität. Etwaige Ungleichbehandlungen unter den Kur-gästen führten sonst nur zur falschen Elitenbildung und zur Frustration der vermeintlich Unterlegenen.

„Ich hab aber Hunger", protestierte ich.

Alle hier litten irgendwie an Hungergefühlen, entgegnete man nur kühl. Es würde nun auch für mich höchste Zeit werden, meine Essgewohnheiten und vor allem die Heißhungerattacken auf ein vernünftiges, sozial verträgliches Maß zu reduzieren. Mein auffallend zwanghafter Drang, fortgesetzt darauf hinzuweisen, ich sei nicht dick, deute auf einen schweren inneren Konflikt hin, dessen Ursache weit in meiner Kindheit liegen könne. Um das herauszufinden, wäre ich hier, und es läge eine große Chance darin. Bald würde ich erkennen, wie viele sich hinter solchen Schutzbehauptungen versteckten, und ich bräuchte mich bei den anderen ja nur umzusehen, um zu erkennen, wie sichtbar Wunsch und Wirklichkeit auseinanderklaffen. Dann nahm mich mein Betreuer in den Arm und sagte, gemeinsam würden wir es schaffen.

Aus Wut machte ich mir den Spaß, beim morgendlichen Waldlauf immer in weitem Bogen um die Gruppe herumzurennen, um ihnen – ich muss es zugeben – auf doch etwas kindische Weise meine Überlegenheit zu demonstrieren. Auf dem ersten Stück beschimpften sie mich noch, doch dann ging ihnen selbst dazu die Puste aus. Streck- und Turnübungen übertrieb ich ins Absurde und machte Liegestützen und Klimmzüge für alle anderen mit. Sie hassten mich dafür und ließen mich beim täglichen Gruppengespräch nie zu Wort kommen, da sie der Meinung waren, einer wie ich hätte keine Probleme, von denen er erzählen könnte. Nach mehreren Anläufen, meine Stimme dennoch zu erheben, gab ich es auf und verdöste fortan die Zeit.

Am Anfang der zweiten Woche nahm mich unser Gruppenleiter zur Seite. Er wirkte besorgt und fragte, ob ich nicht wenigstens 10 Kilo

Gewichtsabnahme auf meiner Tafel als Ziel angeben könnte? Das sei doch nicht viel, gerade wenn ich an die anderen denken würde, die dreißig oder vierzig Kilo angaben. Ich müsse mich auch mal in seine Lage versetzen, er erhielte schließlich nur ein geringes Grundsalär und wäre auf die Erfolgsprämien angewiesen. Ich zögerte, und er zeigte mir das Bild seiner Familie, die Kinder hatten ganz hungrige Augen, wie ich fand, aber das war mir egal. Als ich verneinte, begann er mir zu drohen. Ob mir eigentlich klar sei, dass ich mindestens zehn Kilo schaffen müsste, um der Krankenkasse gegenüber wenigstens meinen guten Willen zu beweisen.

„Ich bin nicht dick", entgegnete ich trotzig.

„Am Ende zählen nur die Fakten", meinte er. „Wie viel Gewicht wurde abgebaut? War der Versicherte bereit, etwas zu verändern, ja oder nein."

Also ließ ich mich breitschlagen, und fortan standen zehn Kilo auf meiner Tafel als Ziel. Ich begann zum ersten Mal, Achim um seine hundertachtzig Kilo zu beneiden, er war der Schwerste von uns. Zehn Kilo weniger würde man ihm nicht mal ansehen. Überhaupt meine Gruppe. Als ich rasch schwächer wurde, dunkle Augenringe bekam und mein Kreislauf am Morgen verrückt spielte, ich also keinen einzigen Kreis mehr um die anderen herum schaffte, wurde ich endlich in ihre Gemeinschaft aufgenommen. Es tat mir gut, gerade wenn ich spürte, wie diese Anflüge an Verwirrtheit zunahmen. Gemeinsam halluzinierten wir von Familienpizzas und XXL-Menüs, die wir uns in allen fetttriefenden Details ausmalten, Petra kannte so viele tolle Backrezepte und Hermann konnte so schön von Grillfesten mit Nackensteaks und Bier vom Fass erzählen.

Nach drei Wochen brachte ich noch 58 Kilo auf die Waage und meine Gruppe applaudierte mir, damit lag ich gut im Mittelfeld. Bärbel gestand mir eines Nachts im Flur ihre wachsende Zuneigung für mich und lockte mich mit dem Versprechen auf eine eingeschmuggelte Prinzenrolle in ihr Zimmer. Der gemeinsame Biss in diese köstliche Backware war besser als jeder Orgasmus. Leider rationierte sie bald die Kekse und forderte als Gegenleistung anstrengende Liebesspiele, die weitere lebensnotwendigen Kalorien aus mir zogen. Doch ich konnte der Lockung einfach nicht widerstehen.

Hier muss ich meinen Bericht nun leider abbrechen, die Worte verschwimmen vor meinen Augen und meine Hände zittern stark. Plötzlich kam das Gerücht auf, fünfzehn Kilo Gewichtsreduktion wären das Minimum, um in Zukunft überhaupt noch krankenversichert bleiben zu können. Vielleicht hat es auch nur unser Gruppenleiter in die Welt gesetzt, um uns zusätzlich zu motivieren. Bärbel gibt mir keine Kekse mehr. Sie sagt, sie fände mich hässlich und meine Libido zu schwach. Agnetha nimmt sich jetzt meiner manchmal an, sie ist hier der Star. Dreißig Kilo in fünf Wochen, jetzt schafft sie es wieder durch die normale Tür. Sie wollte nachher mal bei mir im Zimmer vorbeischauen, keine Ahnung, warum. Sie sagte, sie wolle es endlich mal wieder fühlen. Auf meine Frage, was denn eigentlich, grinste sie nur. Wenn es das ist, was ich glaube, bekomme ich allerdings Angst...

Manuel schlug das Heft zu, in dem er gelesen hatte, und stand etwas ratlos im kleinen Wohnzimmer. Seine Frau kam herein.

„Was ist, worauf wartest du?", sagte sie.

„Ach nichts, ich hatte nur gerade in diesem Heft deines Bruders geblättert, das im Beutel lag, den das Kurheim zusammen mit seinen Sachen schickte."

„Und?" fragte sie genervt. „Was Interessantes?"

„Nein, nein."

„Dann los, wir müssen uns ranhalten, all der Krempel hier muss raus."

Manuel warf das Heft in den prall gefüllten blauen Müllsack.

„Wieso will eigentlich keiner zugeben, dass mein Bruder Krebs hatte?", fragte sie, während sie Ordner aus einem Schrank räumte und auf den Boden warf.

„Wie kommst du drauf?"

Sie unterbrach ihre Arbeit, stellte sich vor ihn hin und tippte ihm mit dem Finger gegen die Brust. Ihre Augen blitzten. „Ich bitte dich, denk doch mal nach. Diese Kur, seine plötzliche starke Gewichtsabnahme ... das ist doch nicht normal."

„Nein, da hast du recht."

„Also, für mich deutet das eindeutig auf Krebs hin. Wo er doch immer so sportlich war, so fit."

Sie bückte sich und hob einige von den Sporturkunden auf, die zusammen mit dem Altpapier auf einem Haufen lagen. Manuel nickte nur.

Auf der Heimfahrt bog er zielstrebig in den Drive-in einer großen Fastfood-Kette ein und bestellte großzügig. Sie wollte nichts und sah ihn tadelnd von der Seite an.

„Solltest du nicht ein wenig mehr auf dein Gewicht achten?" meinte sie kühl. „Du hast mindestens zehn Kilo zu viel."

„Eben!", knurrte er. „Ich brauch fünfzehn, mindestens."

Sie faltete die Hände vor dem Bauch und seufzte. „Bist du verrückt? Warum denn?"

Manuel starrte finster über das Lenkrad. „Wer weiß schon, was morgen für Post kommt."

Andreas Kurz, Jahrgang 1957, lebt in Gräfeling bei München. Nach einer Ausbildung zum Grafikdesigner arbeitet er heute als freier Autor, Zeichner und Fernsehredakteur. Andreas Kurz hat bereits diverse Schreibwettbewerbe gewonnen und zahlreiche Kurzgeschichten veröffentlicht.

Wiebke Eymess

Federvieh

Ernst Witterich bemerkte das Dorf erst, als er beinahe mit einem der Häuser zusammenstieß. Er tastete sich an der rissigen Fassade entlang. Der Nebel war so dicht, dass Witterich eine Schneise in der milchigen Luft zurückließ. Schließlich gelangte er in eine Gasse und sah sich nach einem Straßenschild um. Etwas tropfte in seinen Kragen. Witterich legte den Kopf in den Nacken. Es tropfte in sein Gesicht. Über ihm in der Gasse hingen Hemden und Kittelschürzen auf einer durchhängenden Leine. Sie werden nicht trocknen, dachte er und hob seinen Koffer an, damit die Rollen nicht über das Kopfsteinpflaster dröhnten. Außer dem leisen Tropfen der Wäsche war kein Laut in der Gasse zu hören. Die Stille war ebenso dicht wie der Nebel, in dem sich jegliches Geräusch aufgelöst hatte. Witterich nickte zufrieden. Es war genau der Ort, den er gesucht hatte.

Als er die Haustür aufschloss, dauerte es einen Moment, bis seine Augen sich an das Zwielicht gewöhnt hatten. Dann trat er ein. Das Haus war schmal, eine Holztreppe führte in den ersten Stock, ein Bad ohne Fenster, ein Zimmer. Er ließ den Koffer an der Tür stehen und maß den Raum mit seinen Schritten. Die Dielen um den Schreibtisch herum knarrten, zum Fenster hin gaben sie weniger Geräusche von sich. Er schob den Schreibtisch vor das Fenster, packte sein Schachbrett aus und stellte die Figuren auf. Witterich liebte das weiche Geräusch, wenn der mit Filz bespannte Sockel auf dem Holzbrett aufsetzte. Die geschnitzten Köpfe der Figuren glänzten im Halbdunkel. Er öffnete die Fensterläden. Unterhalb des Hauses lag ein enger Platz, der sich muschelförmig an eine Kirche drängte. An seinem tiefsten Punkt ragte ein Springbrunnen aus dem Nebel. Er schien trocken zu sein, kein Wasserrauschen war zu hören. Die Häuser ringsherum neigten sich dem Brunnen entgegen. Sie waren aneinander- und übereinandergebaut, lauter schiefe Winkel, Treppen unterhalb von Terrassen, gebogene Balkone und wieder Treppen. Und kein Mensch war zu sehen. Ohne den Geruch von Speisen hätte Witterich das Dorf verlassen geglaubt.

Er trug den Koffer in das Schlafzimmer im zweiten Stock und packte seine Sachen aus. Aus der nackten Glühbirne über dem Waschbecken kroch trübes Licht. Witterich betrachtete das Zimmer im Spiegel, sein Gesicht darin wurde von blinden Flecken überzogen. Er wandte leicht den Kopf. Das Ohr mutete noch immer schaurig an, eine rote Kruste überzog den Gehörgang. Er träufelte etwas von der tiefroten Tinktur aus seinem Necessaire auf die Watte und verschloss das Ohr. Morgens und abends einmal, hatte der Arzt verordnet und ihm das Ohrwachs ver-boten. Dabei hatten die Geräusche in Witterichs Wohnung überhandgenommen, seitdem er sich auf die Meisterschaft vorbereitete. Weiß eröffnet e2–e4. Nach und nach störte ihn das periodisch wiederkehrende Knacken der Heizungstherme. Schwarz geht in die französische Verteidigung c6. Weiß f2–f4. Die Hackenschuhe der Nachbarin, die jeden Abend erst auf die Treppenstufen und dann auf die Holzdielen ein Stockwerk höher knallten. Schwarz d7–d5. Früher hatte Witterich nicht nur auf Sieg, sondern auch auf Schönheit gespielt. Weiß e4–e5. Die jüngere Konkurrenz spielte wesentlich aggres-siver. Ein schwacher Zug konnte die ganze Partie entscheiden. Schwarzer Läufer auf f5. Jeden Tag störte etwas anderes seine Konzentration. Der allmorgendlich klingelnde Postbote, die kreischenden Mauersegler im Hof, der Hund des Nachbarn zur Linken, Weiß d2–d4, das Telefon der Nachbarin zur Rechten, und schließlich hatte Witterich seine Ohren verschlossen, zunächst mit Watte, dann mit Wachs, bis das Ohr zu jucken begann, Schwarz e7–e6, ein wenig erst, als kratzte ein Insekt darin, weißer Springer auf f3, dann nässte es, und der Juckreiz wurde so stark, dass er mit dem Training aussetzen musste. Kein Ohrwachs mehr, hatte der Arzt verordnet, wenn er sich von den Geräuschen derart belästigt fühlte, erschiene ein Ortswechsel wohl ratsam.

Witterich faltete seinen Pyjama auf das Kopfkissen und ließ sich am Fußende des Bettes nieder. Es ächzte leise. Über dem Bett scharrte ein gewaltiger Hahn mit den Krallen im Staub. Mit seiner geschwollenen Brust schien er den Bilderrahmen sprengen zu wollen, der Gockel herrschte über das Zimmer, gewandet in helle Kniestrümpfe und eine bunte Halskrause. Witterich gefiel die museale Atmosphäre. Hier würde er mit dem Training gut vorankommen. Zum ersten Mal seit Wochen schlief er ein, sobald er das Licht gelöscht hatte.

In der Frühe rissen ihn Schreie aus dem Schlaf. Für einen Moment war Witterich orientierungslos. Dann nahmen Kleiderschrank und Waschbecken in dem dämmrigen Zimmer Gestalt an, und er stand auf, um die Fensterläden zu öffnen. Draußen sprang Hahnengeschrei in einem Fanfarenecho über die Dächer des Dorfes und zerbarst an den Häuserwänden. Er steckte den Zeigefinger in das gesunde Ohr und lehnte sich hinaus. Der Nebel hatte sich verzogen. Unter dem Fenster lag der Platz ebenso leer wie gestern, nur ein paar Markisen waren ausgefahren. Die Kirchturmuhr zeigte fünf Uhr dreißig. Wenn er gleich mit dem Training begann, konnte er bereits vor dem Frühstück die Eröffnungen studieren. Eilig stieg er die Treppe zum Spielzimmer hinab und ging die Systematisierung der offenen Spiele durch. Nordisches Gambit, Wiener Partie, die Ponziani-Eröffnung, Motiv C: Angriff auf e5 mit dem Springer. Als die Geschäfte unter seinem Fenster öffneten, verließ er das Haus, um zu frühstücken.

In der Gasse waren nur wenige Menschen unterwegs. Zwei Frauen kamen ihm entgegen, ihre Beine steckten in groben Wollstrümpfen, auf dem Rücken trugen sie geflochtene Körbe, in denen sich braune und weiße Eier stapelten. Sie musterten ihn aus den Augenwinkeln und verschwanden grußlos in ihren Hauseingängen.

Witterich schüttelte den Kopf und sah sich um. Ohne den Nebel leuchteten die Fassaden der Häuser in Ocker, Siena und Rosa gegen den blanken Himmel. Er folgte dem Geruch von frischem Brot, treppauf, treppab, unter geschmiedeten Laternen und frei hängenden

Stromleitungen hindurch. Obwohl kein Mensch zu sehen war, schien ihn das Dorf nicht aus den Augen zu lassen. Er rieb sich den Nacken und schaute unauffällig nach oben. Auf den Balkonen über ihm saßen drei alte Männer und verfolgten jede seiner Bewegungen. Im Schoß hielten sie große schwarze Hähne, denen sie sanft das Gefieder massierten. Witterich beschleunigte seinen Schritt. Auf dem Platz kaufte er etwas Brot und Käse und kehrte eilig zu seinem Haus zurück. Das Spiel wartete.

Er trainierte bis in den späten Mittag hinein. 9. Zug: schwarzer Bauer schlägt d4. Dann hat Schwarz die offene Turmlinie. Weißer Läufer schlägt d4. Schwarzer Springer auf h6. Unter seinem Fenster lag das Dorf still wie ein Bild, noch nicht einmal die Kirchturmuhr schlug zur vollen Stunde. Die Läden und Fenster ringsherum waren geschlossen. Auch die Männer waren von den Terrassen verschwunden, auf denen die Mittagshitze flimmerte. Er konnte ihre Hähne in den Holzverschlägen kratzen hören.

Die Kellnerin im Café nahm wortlos seine Bestellung auf. Sie hielt ihren Blick fest auf den Block geheftet, selbst als er eingetreten war, hatte sie nicht aufgesehen. Dann verschwand sie hinter der Schwingtür zur Küche, und er war allein in dem Raum mit den leeren Bänken, den fensterhohen Spiegeln und den schwarz-weißen Bodenfliesen. Er rückte die Serviette zurecht und trank etwas Wasser. Sein Schlucken hallte laut durch den leeren Raum. Jetzt wäre ihm sogar das Surren des Ventilators recht gewesen, der unbewegt unter der Decke hing. Als die Kellnerin sein Omelette brachte, unterdrückte Witterich den Schluckimpuls. Während er aß, scharrte er mit den Füßen, um seine Essgeräusche zu übertönen. Die Kellnerin lehnte mit halbgeschlossenen Augen an der Eingangstür und sah auf den leeren Platz. Ihr schwarzes Haar war sauber gescheitelt und zu einem dicken Zopf geflochten. Ihre Unterarme schimmerten wie das Holz der weißen Dame.

Am Nachmittag ging er in Unterhosen in seinem Zimmer auf und ab und dachte nach. Ohne Hosen ging es sich leichter, ihr Stoff raschelte bei jedem Schritt. 18. Zug: weißer Springer auf d4. Die Entwicklung des Damenspringers auf d2 wäre riskant. Schwarz würde den Bauernschutz vor dem weißen König auflösen. Stimmengewirr drang in das Zimmer. Er ging zum Fenster und sah hinaus. Eine Gruppe von Männern strömte auf den Platz und scharte sich um den Rand des trockenen Brunnens. Er erkannte die drei Alten vom Balkon. Genau wie die anderen trugen sie ihre Hähne bei sich. Der Reihe nach stolzierten sie inmitten der Brunneneinfriedung umher und hielten ihre Tiere in die Höhe. Die Hähne plusterten sich in den Armen der Besitzer auf, ihr Gefieder schillerte grünlich schwarz im Sonnenlicht. Als einer der Männer zu seinem Fenster hinaufsah, schloss er hastig die Läden. Der Mann hatte ihn angesehen, als hätte er Witterich beim Spähen durch ein Schlüsselloch ertappt.

21. Zug: weißer Bauer schlägt Läufer auf g5. Schwarze Dame schlägt zurück. Die weiße Dame auf g3. Schwarze Dame auf h5. Der schwarze Läufer hat sich gegen die Bauern geopfert, jetzt können Dame und Springer am Kö-nigsangriff teilnehmen. Es wurde immer dunkler im Zimmer, die schwarzen Figuren hoben sich kaum noch vom Brett ab. Witterich wollte gerade Licht machen, als erneut Stimmen vom Platz heraufdrangen. Helle Stimmen waren es diesmal, sie schlichen sich an Witterich heran, umkreisten ihn und wollten ihn von der Schachpartie fortlocken. Unwillkürlich schlug er mit der Hand nach ihnen. Da hoben sie an, schnatterten und gackerten, bis er keinen klaren Gedanken mehr fassen konnte und aufgab. Er stützte sich auf das Fensterbrett und sah hinaus. Eine bunte Schar hatte sich auf den Treppen rings um den Platz niedergelassen. Frauen jeden Alters hockten auf den Stufen, sie waren nur mit Nachthemden und Morgenmänteln bekleidet, aufgeplustert mit Blumen und Rüschen. Sie spielten eine Art Bingo und sobald die Zahlen ausgerufen wurden, schwoll ihr Geschnatter zu einem betäubenden Finale. Er versuchte die ruhigen Bewegungen der Kellnerin in dem Haufen auszumachen, doch unter ihm floss dunkles Haar über Gelb und Türkis und Rot, Hände fuchtelten und Köpfe wackelten in einem einzigen Durcheinander. Er schloss die Fensterläden, aber das Gelärme verfolgte ihn durch das ganze Haus. Noch als er im Bett lag, hörte er ihre Bingo-Rufe. Erst gegen eins wurde es still im Dorf.

Später drangen die Hähne in das Haus ein. Sie kratzten mit den Krallen auf den Dielen und schrammten über die Fensterläden. Ein Hahn saß auf der Küchenanrichte, einer auf der Garderobe, auf jeder Treppenstufe saß ein Hahn. Auf seinem Schachbrett hockte ein riesiger Gockel und splitterte die Figuren mit dem Schnabel. Die Viecher lauerten auf seinem Bett und im Kleiderschrank, sie hackten nach seinen Knien, und schließlich flüchtete er ins Bad, verschloss die Tür und verschanzte sich in der Dusche. Ihr Krähen hallte von Kachel zu Kachel.

Witterich schreckte auf. Er sah sich im Zimmer um. Nicht eine Feder lag auf dem Boden. Draußen schrien die Hähne dem Tag entgegen. Er drehte sich auf die Seite und versuchte noch ein wenig zu schlafen, doch sein Ohr quälte ihn. Es fühlte sich heiß an. Im Spiegel glänzte der Gehörgang, es hatte wieder zu nässen begonnen. Witterich verschloss beide Ohren mit getränkter Watte und kehrte müde zu seiner Partie zurück. Die schwarzen und weißen Felder verschwammen vor seinen Augen, er konnte kaum zwei Züge vorausdenken. Der Traum dröhnte in seinem Kopf. Er dachte an die lautlose Gegenwart der Kellnerin, an ihr stummes Kopfnicken, ihren fließenden Gang. Sie bewegte sich so geräuschlos, als wären ihre Schuhsohlen mit Filz bespannt.

Wieder hob sie nicht einmal den Kopf, als er eintrat und an seinem Tisch Platz nahm. Sie entfernte Staub von den Flaschen hinter der Bar, wischte sorgfältig über die Hälse und Etiketten. Die Theke verdeckte ihren Unterleib. Als sie ihm den Kaffee brachte, sah sie für einen Moment auf. Witterich erinnerte sich an die rotgefärbte Watte in seinen Ohren, hastig griff er danach, stieß sie am Ellenbogen, und die Tasse zerschlug auf dem Steinboden.

Die einsetzende Stille spannte sich zwischen den Wandspiegeln. Dann schwang die Küchentür auf, eine fleckige Schürze schob sich hindurch, der Koch sah die Scherben am Boden und zog fluchend die Kellnerin hinaus. Das Gezeter schmerzte in Witterichs Ohr, das Trommelfell vibrierte und erzeugte einen drohenden Brummton. Er eilte aus dem Café, über den Platz, stolperte durch die Haustür, die Treppe hinauf bis in das Schlafzimmer, wo er sich die Decke über den Kopf zog und in einen ungesunden Schlaf fiel.

Am Abend weckten ihn die Rufe der Frauen. Ihre Bingo-Schreie fielen durch das geöffnete Fenster in sein dunkles Zimmer. Er stand auf und lief schlaftrunken durch das Haus, um die Fensterläden zu schließen, doch das Gackern zwängte sich durch die Lamellen und breitete sich in den Räumen aus. Witterich steckte erneut Watte in die Ohren, aber das Bild von bunten Nachthemden und sich plusternden Morgenröcken blieb. Vor dem Schachbrett verharrte er einen Moment. Die Figuren standen anders, als er sie zurückgelassen hatte. Der schwarze Läufer balancierte auf dem a1-Turm, und die weiße Dame war verschwunden. Bei dem Anblick schoss Witterich ein schriller Pfeifton ins Ohr. Er hielt sich die Ohren zu, doch der Ton wurde immer durchdringender, als käme das Pfeifen direkt aus seinem Kopf. Dann kippte ihm der Boden entgegen, und Witterich schloss die Augen.

Am nächsten Morgen knickten die Beine beim Aufstehen unter ihm weg. Das Ohr hatte sich stärker entzündet. Widerwillig verbrachte Witterich den Tag im Bett. Im Fieber träumte er von den Frauen. Sie kreisten in ihren Morgenmänteln über dem Dorf und lachten über seinen letzten Schachzug. Er stolperte über den Platz auf seine Gasse zu, doch die Häuser rückten ringsherum immer enger zusammen und versperrten den Ausweg. Witterich flüchtete sich vor ihrem Gelächter ins Café. Erleichtert sah er die Kellnerin hinter dem Tresen ihre Gläser polieren. Als er sie ansprach, glitt sie hinter der Theke hervor und kam auf ihn zu. Ihr Oberkörper thronte auf einem weißen Holzsockel.

Am nächsten Morgen hatte der Schwindel ein wenig nachgelassen und Witterich verließ vorsichtig das Bett. Er musste die Partie wieder aufnehmen. Von der weißen Dame fehlte jede Spur. Da stecken diese Bauern dahinter, murmelte Witterich und ersetzte die Dame durch das Fläschchen seiner Tinktur. 24. Zug: weißer Turm auf e2. Schwarzer Springer auf…, Springer auf f3. Es fiel ihm schwer, sich zu konzentrieren. Das Holz der Tischplatte war angenehm kühl, für einen Moment legte Witterich seine Stirn darauf und schloss die Augen. Sofort hatte er die weiß glänzenden Unterarme der Kellnerin vor sich. Er lehnte sich über den Tresen und berührte vorsichtig ihr Handgelenk. Draußen vor dem Café versammelte sich eine Menschenmenge und rief etwas durch die Scheiben. Witterich wollte sie verscheuchen, damit er wieder mit ihr allein sein konnte, doch die Rufe zwängten sich unter seinen Lidern hindurch. Er öffnete widerwillig die Augen und setzte sich auf. Unter seinem Fenster hatte sich tatsächlich eine Menschenmenge um den Brunnen versammelt. Zwei Männer traten in die Mitte, sie hielten einen schwarzen und einen hellbraunen Hahn in die Höhe. Das Stimmengewirr der Umstehenden hob an. Schreiend warfen sie zerknüllte Geldscheine in einen Hut, dann wurden die Hähne in das trockene Brunnenbecken gesetzt. Die Männer hielten sie an den Bürzeln fest, bis sich die Tiere angriffslustig in die Brust warfen. Dann ließen sie los. Flügelschlagend sprang der schwarze Hahn in die Höhe und schlug dem Gegner seine Krallen in das Brustgefieder. Der Helle hackte nach seinem Hals und schon waren beide Hähne nur noch ein Knäuel aus blutigen Schnäbeln, aus Sporn und Krallen. Die Männer sprangen neben dem Brunnen auf und ab, sie hetzten die Hähne mit ihrem Geschrei. Die Vögel umkreisten einander, das Gefieder nass von Blut. Der schwarze Hahn setzte zum Sprung an und zerschnitt dem anderen mit einem Hieb die Kehle. Nach wenigen Minuten blieb von dem Verlierer nicht mehr als ein zerfetzt blutiger Klumpen.

Witterich schloss die Fensterläden und starrte mit hämmerndem Puls auf die rissigen Lamellen. Der weiße König steht im Schach. Ich muss die weiße Dame zurückholen. Der Bauer auf der feindlichen Grundlinie. Mit einem Hieb hat er ihm die Kehle durchtrennt. Schwarzer Turm auf g4. Weiße Kellnerin auf g3. Schwarze Dame auf h6, sie schielt schon mit einem Auge auf e3. Noch immer konnte er die Männer unten auf dem Platz johlen hören. Er wagte kaum zu atmen. Sie warteten nur darauf, dass er das Haus verließ, damit sie ihn im Brunnen einkreisen konnten. Die weiße Dame hatten sie bereits. Er musste bis Einbruch der Nacht warten und heimlich das Dorf verlassen. Niemand wusste, wozu diese Bauern imstande wären.

Witterich harrte vor seinem Schachbrett aus, bis Stille im Dorf einkehrte. Schwerfällig tastete er sich im Dunkeln die Treppe hinauf in das Schlafzimmer. Der Mond erschien hinter den Dächern und tauchte das Zimmer in ein diffuses Licht. Witterich holte den Koffer vom

Schrank und begann, seine Sachen zu packen. Jeder Ort war besser als dieses Dorf der gemeingefährlichen Gockel. Als er den Pyjama unter dem Kopfkissen hervorzog, fand er sie. Unversehrt und glänzend im Mondlicht: die weiße Dame. Witterich wog sie in der Hand und tastete erleichtert über die Konturen des kühlen Holzes, als er das Lachen hörte. Er sah auf. Der Hahn im Bilderrahmen über dem Bett lachte ihn aus, da gab es keinen Zweifel, der Hahn im Bilderrahmen lachte ihn aus. Die gelben Augen blitzten, er streckte die Krallen und warf den Kopf in den Nacken. Doch noch ehe der Vogel zu krähen beginnen konnte, packte Witterich das Bild, wirbelte herum und spießte es am Bettpfosten auf. Die einsetzende Stille kam ihm seltsam unnatürlich vor. Und dort im Schlafzimmer, das zerfetzte Bild noch in den Händen, erkannte Witterich auf einmal das Grundmuster des Spiels. Die Menschen um ihn herum waren ihm immer fremd gewesen. Ganz gleich, wie lange er es an einem Ort aushielt, sie blieben fremd. Im wirklichen Leben konnte er nicht einen einzigen Zug des Gegners voraussehen. Doch jetzt, hier in diesem Dorf, ordneten sich die Figuren nach und nach vor seinem inneren Auge. Zum ersten Mal wusste er, was er zu tun hatte, denn zum ersten Mal war er selbst und nur er, Ernst Witterich, der Fremde.

Als er diese simple Logik erkannte, begann Witterich zu lachen.

Leise erst, durch die geschlossenen Lippen hindurch. Dann sprengte sich das Lachen den Weg frei und er lachte, bis ihm die Tränen in die Augen traten, Witterich lachte, bis ihm die Wattepfropfen aus den Ohren fielen, er nach Luft schnappen musste und ans Fenster taumelte. Das krähende Lachen sprang aus seinem Fenster und entzündete ein Lauffeuer auf den Terrassen und Balkonen. Es sprang die schlafenden Hähne in ihren Verschlägen an, und sie krähten sich vor Schreck die Kehle wund, die Männer stürzten auf die Balkone, während ihre Frauen aufgeregt über den Platz flatterten. Sie sahen Witterich am offenen Fenster stehen und sich den Bauch vor Lachen halten und plötzlich sprang es auch sie an und das ganze Dorf versammelte sich lachend und krähend auf dem Platz.

Als der Mond über dem Kirchturm stand, lehnte Witterich an seinem Fenster und sah zu, wie die Dorfbewohner lachend und kopfschüttelnd in ihre Häuser zurückkehrten. Dann waren auch die Hähne still.

Wiebke Eymess, Jahrgang 1978, lebt in Hildesheim und arbeitet nach einer Ausbildung zur Fremdsprachenkorrespondentin als Kabarettistin, Autorin und Sängerin der Swing-&-Show-Band Pinkspots. Ihre Texte wurden in mehreren Zeitschriften und Anthologien veröffentlicht, 2002 erhielt sie das Arbeitsstipendium Literatur des Niedersächsischen Ministeriums für Wissenschaft und Kultur.

Walter Landin

Verbissen

Sie wollte es sich lange nicht eingestehen. Er war gefährlich. Und er hatte sie in der Hand, besaß Macht über sie, spielte mit ihr. Er kam aus einer anderen Welt, einer Welt, die so ganz verschieden war von der Welt, aus der sie gekommen war. Mit ihm war dieser Kitzel in ihr Leben getreten. Diese Erregung. Dieses Verlangen. Die Lust an der Gefahr. Mit ihm hatte sie zum ersten Mal das Gefühl gehabt, wirklich zu leben.

Das Telefon läutete, Bettfedern knarrten, Finger tasteten vorsichtig auf den Nachttisch. Bloß aufpassen, dass die Taschenuhr nicht zu Boden fiel. Die Reparatur beim letzten Mal war Lauer teuer zu stehen gekommen. Endlich fand er sein Handy.

„Hallo? Ja, am Apparat. Eine Leiche? Ja. Halbe Stunde. Mindestens."

Sie saß in ihrem Auto und wartete. Sie war ziellos durch die Gegend gefahren. Wollte nur weg. Weg von der Bevormundung durch ihre Eltern. Hast du dir schon Literatur für die Hausarbeit besorgt? Du wolltest doch beim Professor vorsprechen? Meinst du, das wäre der passende Aufzug? So kannst du doch nicht in die Vorlesung gehen! Sie war gefahren und gefahren, bis der Tank fast leer war. Sie hatte in diesem Kaff getankt. Der Mann an der Kasse hatte einen Spruch losgelassen, über den sie nicht hatte lachen können. Sie war neben der Zapfsäule stehen geblieben. Es war nichts los an dieser Tankstelle. Ein Knall ließ sie hochfahren. Ein Schuss, dachte sie zuerst. Sie schaute um sich, entdeckte aber nichts Auffälliges. Die Fehlzündung eines Autos, versuchte sie sich zu beruhigen. Sie legte ihren Kopf auf das Lenkrad und schloss die Augen. Wir wollen dir ja nicht reinreden, aber wir würden das Referat anders strukturieren. Hast du auch wirklich für die Klausur gelernt? Wir wollen doch nur dein Bestes. Plötzlich wurde die Beifahrertür aufgerissen. Sie wusste nicht, wie viel Zeit seit dem Knall vergangen war. Sie spürte etwas Kaltes, Metallenes an ihrer Schläfe. Als sie aufschauen wollte, verstärkte sich der Druck.

„Losfahren! Mach schon! Auf, auf!"

Eine junge Stimme. Eine Männerstimme. Aggressiv. Keinen Widerspruch duldend. Wenn er jetzt abdrückte? Sie stellte sich viele kleine Explosionen vor. Sie wunderte sich, dass sie keine Angst hatte. Sie drehte den Schlüssel um und ließ die Kupplung kommen.

„Mach schon! Schneller."

Sie trat das Gaspedal voll durch. Die Reifen heulten auf.

„Da vorne links."

Weit entfernt hörte sie eine Polizeisirene.

Lauer, den einen Arm schon in der Jacke, verschluckte sich am Leitungswasser, das er in sich hineinschüttete. Er hatte sich hastig angezogen, ein Stück Brötchen von gestern verschlungen, auf einen heißen Kaffee verzichtet. Er steckte seinen Dienstausweis ein. Es kam öfter vor, dass er den vergaß. Dann zog er die Tür zu. Im Treppenhaus schaute er auf seine Taschenuhr. Seit dem Anruf waren gerade mal vier Minuten vergangen.

Neckarsteinach. So hieß das Kaff also. In Neckargemünd dirigierte er sie über die Neckarbrücke. Sie waren Richtung Heidelberg unterwegs. Er trug eine Wollmütze, die er sich tief in die Augen gezogen hatte. Die Pistole war noch immer auf sie gerichtet. Als sie Heidelberg verließen und auf die Autobahn fuhren, lag die Waffe auf seinen Knien und die Mütze war ein wenig hochgerutscht. Eine blonde Haarsträhne. Ein Nasensticker. Nicht unsympathisch.

„Und weiter?", fragte sie in Mannheim am Hauptbahnhof.

„Rechts auf den Ring."

Sie schien ihn aus seinen Gedanken gerissen zu haben.

„Warum hat der Idiot bloß eine Pistole unter der Theke hervorgeholt", murmelte er vor sich hin. „Warum bloß?"

Sie musterte ihn aus den Augenwinkeln.

„Was hätte ich denn tun sollen?"

Er sah blass aus. Seine Unterlippe zitterte. Auf seiner Stirn standen Schweißperlen. Er tat ihr leid. Sie passierten ein Schild mit der Aufschrift „Sperrbezirk".

„Weil sich so ein läppischer Gockel infiziert hat, machen die so einen Aufstand."

Seine Unterlippe zitterte nicht mehr. Kurz vor der Kurpfalzbrücke ließ er sie rechts ranfahren. Sie parkte vor dem stillgelegten OEG-Bahnhof. Letztes Jahr hatte hier ein Biergarten über die Sommermonate geöffnet gehabt, allerdings nur mäßig besucht. Kein Wunder, das Gelände war lieblos gestaltet. Sie wollte den Kopf drehen und ihn anschauen, doch wieder spürte sie den kalten Druck an der Schläfe.

„Kein Wort", sagte er. „Wenn dir dein Leben lieb ist."

Sie nickte.

„Und denk dran: Ich hab deine Autonummer", sagte er beim Aussteigen.

Beim sechsten Versuch sprang der Lada endlich an. Es wurde höchste Zeit, dass er sich um einen neuen Wagen kümmerte. Meisner hatte schon recht. Der Wagen war eine Schrottlaube. Und bei weitem nicht auf dem neuesten Stand der Technik. Aber das würde Lauer nie gegenüber seinem Assistenten zugeben. Während er das Neckartal entlangfuhr, musste er an den Tankstellenüberfall vor einem halben Jahr denken. Den Pächter erschossen. Die sofort eingeleitete Fahndung ohne Erfolg. Der fünfte Überfall innerhalb eines Vierteljahrs. Alle gut vorbereitet. Vier Überfälle ohne Verletzte mit der immer gleichen Täterbeschreibung. Der Täter, jung, schlank, Wollmütze, wusste Bescheid, wann ein Überfall sich lohnte. Mehrere tausend Euro jedes

Mal. In Neckarsteinach gab es niemanden, der einen Täter beschreiben konnte. Lauer tappte im Dunkeln. An der Ampel bei Schlierbach musste er halten.

Sie fuhr los. Im Rückspiegel sah sie, wie er ihr nachschaute. Dann verschwand er im Vienna. Sie kannte das Café. Einmal war sie mit Freunden dort gewesen. Sie wendete an der nächsten Ampel, fand in der Nähe vom Gewerkschaftshaus einen Parkplatz und wartete im Schnellimbiss. Nach einer dreiviertel Stunde, Currywurst und Pommes waren längst kalt, tauchte er auf. Er hatte die Mütze abgezogen. Seine Haare waren halblang und lockig. Sie rannte aus dem Imbiss und ging neben ihm her. Er beachtete sie nicht. Vielleicht gefärbt, überlegte sie. Sie gingen den Ring entlang, vorbei am MVV-Hochhaus.

„Warum schlappst du mir nach?"

Er schaute sie nicht an.

„Es interessiert mich", sagte sie.

Vor der Moschee stapelten sich die Müllsäcke. Viele der Säcke waren aufgerissen, der Müll quoll über Gehweg und Straße. Der Streik der Müllwerker ging in die siebte Woche.

„Verschwinde!"

Er war stehen geblieben. Seine Hand verschwand in der Jackentasche.

„Du kannst die Pistole drinlassen. Ich verpfeif dich schon nicht."

Er ging weiter, bog in die Jungbuschstraße ein, drückte eine Haustür auf, die nicht abgeschlossen war.

„Darf ich mit?"

„Nein."

Sie folgte ihm trotzdem, er duldete es. Sie kannte sich selbst nicht mehr. Die Briefkästen waren aufgebogen. Im Treppenhaus bröckelte der Putz. Ein pinkelndes Strichmännchen grinste sie an. Die Steinstufen waren ausgetreten. Er ging voraus. Sie versuchte seinen federnden Schritt nachzuahmen. Das Treppengeländer war wacklig. Kein Wunder, einige Stäbe fehlten. Er schloss die Wohnungstür auf. Da, wo früher mal eine Glasscheibe gewesen war, war jetzt eine Sperrholzplatte.

Im ersten Moment war sie schockiert, als sie die Wohnung sah. Das Innere unterschied sich in nichts vom Zustand der Straßen. Pizzakartons mit verschimmelten Resten, leere Joghurt- und Buttermilchbecher, aufgerissene Milchpackungen, eine Unmenge leerer Bier- und Weinflaschen, Zeitungen, schmutzige Wäsche und schmutziges Geschirr überall. In der Ecke eine Matratze mit Bettzeug, das den Zustand der Wohnung noch toppte. Heute Morgen, als sie sich in ihrem frisch bezogenen Bett gerekelt hatte, hätte sie sich vor dem Schmutz hier geekelt. Niemals hätte sie sich vorstellen können, sich auf diese Matratze zu setzen.

„Was willst du eigentlich von mir?"

Sie fand in der Küche eine angebrochene Flasche Rotwein, irgendeinen Fusel mit Schraubverschluss. Sie nahm einen Schluck.

„Ich hab alles so satt."

Er verzog das Gesicht. Ein Gespräch kam nur schleppend in Gang.

Am nächsten Vormittag fuhr sie nach Handschuhsheim. Sie wohnte noch bei ihren Eltern. Warum denn ausziehen? Bei uns hast du doch alles, das geräumige Haus, die wunderschöne Hanglage, der Wald ist nicht weit. Das Dachgeschoss haben wir doch extra für dich ausgebaut. Da kannst du schalten und walten, wie du willst. Sie sah aus dem Fenster. Nostalgische Erinnerungen stiegen in ihr hoch. Dann war es wieder vorbei. Heute Morgen stimmte etwas nicht mit dem Garten. Da stand ein Baum, der gestern noch nicht dagewesen war. Was war das für ein Baum? Sie tendierte zu Buche. Sie hatte keine Lust, den ganzen Tag mit dem Baum allein zu bleiben. Sie packte einige Sachen zusammen, nur das Nötigste. Du hast hier doch alles, was du brauchst. Was willst du denn mehr? Sie legte einen Zettel neben das Telefon.

„Ziehe aus. Macht euch keine Sorgen."

Legte den Hausschlüssel daneben, zog die Tür zu. Zog bei ihm ein, ging nicht mehr zur Uni, fühlte sich wohl in all dem Schmutz, war glücklich, glaubte, zum ersten Mal in ihrem Leben überhaupt glücklich zu sein. Glaubte zu leben. Anfangs versuchten ihre Eltern, sie anzurufen. Sie drückte die Anrufe auf ihrem Handy einfach weg.

Später wurden die Versuche zur Kontaktaufnahme seltener, wohl auch weil das Handy jetzt meistens ausgeschaltet blieb. In den Zeitungen war einige Tage ausführlich über den Überfall an der Tankstelle und dem, wie es hieß, kaltblütigen Mord berichtet worden. Sie erfuhr, dass der Überfall von Neckarsteinach der fünfte nach dem gleichen Schema war. Am Monatsersten bemerkte sie, dass ihre Eltern ihr kein Geld überwiesen hatten. Typisch, dachte sie. Was brauchte sie Geld in ihrem neuen Leben! Bis spät nachts hingen sie in Kneipen herum, dann schliefen sie bis nachmittags auf der schmuddeligen Matratze, liebten sich, zogen wieder los. Nach einer Woche verschwand er. War eines Nachmittags einfach weg. Ohne dass es vorher auch nur die Spur einer Andeutung gegeben hätte. Ohne dass sie gestritten hätten. Sie verkroch sich in der Wohnung. Fing an aufzuräumen, entsorgte den Müll. Als sie es nicht mehr aushielt, streunte sie in der Stadt herum, besuchte ihre gemeinsamen Plätze, fragte nach ihm, saß im Biergarten gegenüber vom Vienna. Sie kaufte sich jeden Morgen die Zeitung, las sie von vorne bis hinten, studierte ausführlich den Lokalteil, las jeden Polizeibericht mehrmals. Aber sie fand nichts von einem neuen Überfall auf eine Tankstelle. Unerwartet tauchte er wieder auf. Drei Tage waren vergangen. Sie fragte nach. Er schwieg. Sie war froh, dass er wieder da war. Das neue Leben konnte weitergehen. Bis er wieder verschwand.

Der Wagen schien automatisch den Weg zu finden. Der Tankstellenüberfall vor einem halben Jahr. Die Frau des Pächters, wie sie sich an ihn geklammert hatte, als er mit Meisner die Nachricht vom Tod ihres Mannes überbracht hatte. Erst hatte sie nur den Kopf geschüttelt, nein, das müsse ein Missverständnis sein, ihr Mann komme gleich nach Hause. Dann klammerte sie sich an ihn, ließ ihn erst wieder los, als ein etwa fünfjähriger Junge hinter ihr Mama gerufen hatte. Lauer parkte gegenüber der Tankstelle.

Sie ließ das Kaff hinter sich, die halb heruntergelassenen Rollläden, die nach verkohltem Fleisch stinkenden Gärten. Sie fuhr ziellos in der Gegend herum. Sie fuhr nirgendwohin. Wie der Adler und das Wiesel in dem Buch, aus dem Großmutter ihr früher vorgelesen hatte. Adler beißt Wiesel. Wiesel beißt zurück. Ineinander verbissen fliegen sie nirgendwohin. Für immer vereint. Er war wieder mal verschwunden, tauchte nach fünf Tagen erst auf. Sie stellt ihn zur Rede. Er schweigt. Sie lässt nicht locker, fängt von Neckarsteinach an. Er schweigt. Sie sagt, sie wolle dabei sein, wolle mitmachen, wolle ihm als Komplizin nahe sein. Jeden Tag. Sie beschwört ihn. Sie bettelt. Sie droht. Sie wisse zu viel von ihm. Wenn sie damit zur Polizei ginge. Von einem Moment zum anderen wird er wütend, schlägt ihr ins Gesicht, hat plötzlich die Pistole in der Hand, drückt sie ihr an die Schläfe. Wie damals an der Tankstelle. Damals kam ihr die Szene unwirklich vor. Wie wenn sie an allem unbeteiligt gewesen wäre. Wie wenn sie alles nichts angegangen wäre. Jetzt in dieser heruntergekommenen Wohnung hat sie Angst. Damals in Neckarsteinach war es ihr egal, wenn er abgedrückt hätte. Jetzt hat sie Todesangst. Er ist unberechenbar, denkt sie. Gefährlich. Dann bricht es aus ihm heraus. Dass er den Kick brauche. Dass er nie jemanden geliebt habe. Dass er es nicht vorhabe. Niemals. Dass sie nicht so naiv sein solle. Dass sie sich doch vorstellen könne, wo er sich aufhalte, wenn er weg sei. Dass sie gefälligst nicht so naiv sein solle. Dass sie nicht die Einzige sei. Dass er den Kick brauche. Den könne er haben, sagt sie. Jetzt. Sofort. Er sagt, er müsse nachdenken. Die Pistole lag vor der Matratze. Sie wusste nicht, wie sie dahingekommen war. Ineinander verbissen fliegen Adler und Wiesel nirgendwohin. Sie fuhr ziellos durch die Gegend. Sie fuhr nirgendwohin.

Ein paar Meter von der Stelle entfernt, wo Lauer den Wagen abgestellt hatte, stand eine kleine Gruppe Männer bei den Zapfsäulen. Zwei Frauen standen mit einem Mann auf der anderen Seite und schauten zur Tankstelle. Lauer überquerte die Straße. Meisner löste sich aus der Gruppe.

„Schlimme Geschichte."

„Schlimm genug", stimmte Lauer zu.

Der Assistent brachte den Kommissar auf den letzten Stand der Dinge.

„Dieses Mal waren sie zu zweit. Ansonsten die gleiche Masche. Pistole. Wollmütze. Der neue Pächter händigt widerstandslos das Geld aus. Hat die Tankstelle erst vor einigen Wochen übernommen. Toller Einstand. Alles geht rasend schnell. Nach keiner Minute sind sie weg. Unmittelbar danach hört der Pächter vor der Tankstelle einen Schuss. Es dauert einige Minuten, bis er sich ins Freie traut. An der Zapfsäule findet er das Opfer. Männlich, Mitte 20, blondes lockiges Haar, Nasenpiercing, Identität noch unbekannt. Tod durch Kopfschuss."

Walter Landin gewann schon zahlreiche Literatur- und Lyrikpreise mit seinen Texten. Sein Spektrum: Krimis, Kurzgeschichten, Theaterstücke und Gedichte. Der Mannheimer (Jahrgang 1952), der als Realschullehrer arbeitet, veröffentlichte in diversen Anthologien.

Karla Ernst

Himmelmaler

In der Wohnung war es angenehm kühl. Kober sortierte seine Einkäufe ins Regal und dankte dem Bunker, einem Betonmonstrum, das direkt vor seinem Fenster stand, für den Schutz. Er ging nur aus dem Haus, wenn er seinen Lebensmittelvorrat aufgebraucht hatte, musste sich jedes Mal überwinden und schaffte es erst knapp vor Ladenschluss, wenn sich die Schlange an der einzigen noch besetzten Kasse staute.

Kober warf schnell einen Blick in sein „Paradies" und seufzte glücklich. Es war noch da. Jedes Mal fürchtete er, dass das Zimmer in der kurzen Zeit seiner Abwesenheit verschwinden würde. Während andere ihre Keller mit maßstabsgetreuen Modellen von Eisenbahnen füllten, hatte er sich entschieden, das größte Zimmer seiner Wohnung in eine Polarlandschaft umzubauen. Eine versteckte, hochkomplizierte Lüftung kühlte den Raum auf null Grad herunter. Aus versteckten Boxen rauschte gleichförmig das Meer. Zwischen Eisbergen aus Pappmaschee, einem Iglu-Nachbau aus Sperrholz und einer täuschend echt aussehenden Eisfläche aus bläulichem Plexiglas tummelten sich ein paar ausgestopfte Pinguine im Kunstschnee. „Ich bin doch kein Schneemann, ich freu mich...", summte Kober, setzte sich vorsichtig auf den Klapphocker, der ihm jedes Mal das beruhigende Gefühl eines Angelurlaubs gab, und versank in seinen Gedanken.

Vor anderthalb Jahren, nachdem Kober mit Anleitungen aus Kreativbüchern an seiner Vorstellung der Wandbemalung gescheitert war und ihm Fototapeten zu artifiziell wirkten, hatte er sich eine Kunststudentin kommen lassen. Die sollte ihm in wochenlanger Detailarbeit den perfekten Polarhimmel an die Wand zaubern. Das Mädchen, das sich auf Kobers Anzeige:

„Himmelmaler gesucht"

gemeldet hatte, kam aus Island und bestand von Anfang an darauf, dass er das Zimmer während der gesamten Arbeitsphase nicht betrat. Sie tat geheimnisvoll, redete von Geistern, die in der Farbe wohnten und nicht gestört werden dürften.

Das war eine harte Zeit. Kober versuchte sich abzulenken. Auf seinem Computer installierte er einen Bildschirmschoner mit Rentieren, der Fernseher zeigte Bilder verschneiter Landschaften, und aus den Wohnzimmerboxen rauschte eisig das Meer. Meistens aber saß Kober in der Nähe der Zimmertür herum, lauschte dem leisen Singsang des Mädchens und versuchte, wenn sie nicht da war, etwas durchs Schlüsselloch zu erkennen. Einmal, nachts, als er wieder vor dem Loch kniete, beschlug plötzlich seine Brille, und er flüchtete in die Gästetoilette, auf der er stundenlang stumm sitzenblieb. Am nächsten Tag schrie er sie an. „Ich will keine Geister in meiner Arktis!" „Kein Himmel ohne Geister", erwiderte das Mädchen ruhig und packte zusammen.

Kober starrte sie an. Sie machte ihn rasend. Er hatte noch keinen Zipfel ihres Himmels gesehen, sie benahm sich, als täte sie ihm einen Gefallen, dabei zahlte er gut und drängelte nicht. Sollte sie sich doch zum Teufel scheren, es gab genug andere Kunststudenten, die sich etwas dazuverdienen wollten.

In der folgenden Woche lud Kober neue Bewerber ein, doch keiner genügte seinen Ansprüchen. Sie standen lässig herum, guckten abschätzig die Wände entlang, aschten achtlos in den Schnee. Sein stinknormal gemalter Himmel war ihnen viel zu langweilig. Sie wollten Graffiti, Videoinstallationen, Word-Art. „Komme es, wie es mag, aber am Ende das Meer." Was sollte das? Ihm? Ein arbeitsloser Präparator für Meerestiere, auf den er seine letzten Hoffnungen gesetzt hatte, konnte überhaupt nicht malen.

Es half nichts. Kober verzweifelte. Ohne sein Zimmer fühlte er sich leer. Er hatte versucht, alles zu ignorieren, und sich wie immer vor sein Iglu gesetzt, war sich aber albern und unwürdig vorgekommen.

Warum hatte er sie gehen lassen, den Zettel mit ihrer Telefonnummer in seiner Wut zerrissen, sie nicht einmal nach ihrem Namen gefragt? Verzweifelt rief er im Sekretariat der hiesigen Kunsthochschule an, doch die strenge Stimme einer – mit Sicherheit gelangweilten – Frau raubte ihm die letzten Hoffnungen. „Eine Isländerin? Hier gibt es keine Isländerin. Ich kenne alle Studenten persönlich." Kober konnte sich ihre hochgezogenen Augenbrauen und spöttisch verzogenen Mundwinkel genau vorstellen.

Er trottete durch seine Wohnung. Alles schien ihm trostlos, hoffnungslos, ausweglos, und er begann darüber nachzudenken, wie es wäre, sich umzubringen.

„Einsamer Mann tot in seiner Wohnung aufgefunden.

Zwischen Pinguinen, Eisbergen und einem halbfertigen Arktishimmel nahm er sich in einem selbst gebauten Iglu das Leben. Von einem Motiv fehlt jede Spur."

Vielleicht würde sie den Nachruf lesen und ein schlechtes Gewissen bekommen. In allergrößter Not schaltete Kober noch einmal eine Anzeige. Diesmal ganzseitig, mit einem Farbfoto von seinen Pinguinen, die traurig die Wand anstarrten:

„Halbfertig ist nicht ganz fertig. Die Arktis stirbt."

Er glaubte nicht, dass sie sich noch mal melden würde. Er hatte sie beleidigt, hatte den Wert ihrer Kunst unterschätzt. Er gab sich noch eine Woche. Am dritten Tag, früh am Nachmittag, klingelte es. Kober raffte sich vom Sofa hoch und schaute aus dem Fenster.

SIE stand vor der Tür, bepackt mit Eimern, Tüten, einem Koffer, die dunklen Haare wehten um ihr Gesicht. Er stürmte zur Haustür, riss sie mit einem Ruck auf und begann zu weinen. Im Schlafanzug, mit zerzaustem Haar, ungewaschen und verknittert stand er da. Sie lächelte und schob ihn sanft beiseite. „Ich werde hier wohnen, bis der Himmel fertig ist", sagte sie und drückte ihm den Koffer in die Hand. Er schwieg und ließ sie vorbeigehen.

Sie begann noch einmal ganz von vorn. Strich die Wände wieder weiß, trug dann Farbschicht für Farbschicht behutsam neu auf. Er kaufte für zwei ein und stellte ihr das Essen vor die Tür.

Seine Nervosität nahm täglich zu. Er konnte es nicht mehr erwarten, saß gedankenlos herum und trommelte mit den Fingern gegen alles, was ihm in die Hände fiel. Nach zwei Monaten, an einem Mittwoch, rief das Mädchen ihn zu sich. „Es ist fertig", drang ihre dunkle Stimme aus dem Zimmer. „Du kannst reinkommen." Kober griff nach der Türklinke. Ängstlichkeit beschlich ihn. Was, wenn sie ihn getäuscht hatte? Was, wenn das Zimmer immer noch nur Zimmer war?

Er hielt den Atem an, schloss die Augen, drückte die Klinke runter und streckte ganz langsam seinen Kopf durch den Türspalt. Dann schrie er: „Augen auf!" Kober musste sich am Rahmen festhalten. Der Anblick erschütterte ihn. In einem blaugrauen, sanft leuchtenden Dämmerlicht lagen seine Eisberge, es roch, als würde gleich Schnee fallen, und ein kühler Wind schien durch das Zimmer zu sausen. Sie hatte Weite erzeugt, wo gar keine Weite war.

Mitten in dieser Landschaft stand das Mädchen. In dickem Anorak, mit Pudelmütze und Strickhandschuhen. Ihre Wangen waren rot, ihre dunklen Augen leuchteten. Von der Decke begann sacht Schnee zu rieseln. Kober ging auf sie zu, nahm ihre Hände in seine, rieb seine heiße Nase an ihrer kalten. Sie lachte und drehte ihn herum. Die Landschaft sah immer anders aus, Morgen, Mittag, Abend und Polarnacht gingen wundersam ineinander über.

„Ich, hmhm", räusperte er sich, weil ein Kloß in seinem Hals festsaß, „habe Fleisch im Kühlschrank", und ließ sie allein, um sich etwas Wärmeres anzuziehen und Glühwein vorzubereiten. Als er zurückkam, war sie verschwunden. Im Schnee, der inzwischen die Eisfläche bedeckte, entdeckte er ein paar Worte. „VIEL GLÜCK MIT DEN

GEISTERN, SCHNEEMANN", hatte sie geschrieben. In der Luft schwang die Melodie eines Kinderlieds.

Das Knarren des Hockers schreckte Kober auf. „Ich bin doch kein Schneemann, ich freu mich...", begann er vergnügt zu summen. Der Wildlachs lag vorbereit auf dem Grill, portionsweise mit Kräutern, Zwiebeln und Öl in Alufolie verpackt. Kober war ganz sicher, dass SIE heute zurückkommen würde.

„Himmel muss weiter werden"

hatte er geschrieben. Seine Arktis hatte Jahrestag und er große Pläne. Er hatte begonnen, eine Wand zum Nachbarraum herauszubrechen, damit er genügend Platz für einen Eisbären bekäme. Das lebensechte Tier hatte er in der Weihnachtsdekoration eines Spielwarenladens entdeckt, wo es bedächtig seinen großen Kopf hin- und herschaukelte und abwechselnd die Pranken hob. Stundenlang hatte er vor dem Geschäft gestanden und war schließlich hineingegangen, um den Preis zu erfragen. Auf den Schreck folgte das Verlangen und Kober schloss einen Raten-Kaufvertrag ab. In zwei Monaten würde ihm der ganze Bär gehören, und für seine Ankunft musste alles vorbereitet werden. Kober hatte ein Foto aus einem Katalog geschnitten, so dass sie ein Gefühl für die Bedürfnisse des Tieres entwickeln konnte.

Der Lachs war gar, Kober aß ihn langsam und mit Genuss, doch als sie um Mitternacht noch nicht erschienen war, begann er sich ernsthafte Gedanken zu machen. Vielleicht war das Mädchen verunglückt? Verreist? Unbekannt verzogen? In seine Heimat zurückgekehrt?

Kober musste zur Tat schreiten, setzte sich, das erste Mal seit ihrem Verschwinden, an seinen Computer und begann, Suchmaschinen zu befragen. „Himmelmaler", gab er ein. „Island, Kunststudentin, Malerin, Mädchen mit Pudelmütze." Nichts. „Schneemann." Hunderte Seiten erschienen. Kober ließ sich die Bilder anzeigen: hölzerne Dekorationsfiguren, verkitschte Zeichnungen, verwackelte Fotos von kleinen Kindern, die Mohrrüben verspeisten, symmetrische Häkeldeckchen... Plötzlich stockte er. Kober hatte ein Bild entdeckt, auf dem ein Mann in einer Winterlandschaft abgebildet war, die der seinen verdammt ähnlich sah. Und neben dem Mann stand wohl so etwas wie ein dunkelhaariges Mädchen. Nachdem es ihm gelungen war, das Bild zu speichern und zu vergrößern, bestand für ihn kein Zweifel mehr. Dieses Foto hatte sie gemacht, hier, bei ihm zu Hause. Über Umwege, die ihn viele Stunden und Nerven kosteten, gelangte Kober schließlich auf die Seite einer Galerie für zeitgenössische Kunst, ausgerechnet in London. „I kall tumorrow", seufzte er tief und schlief erschöpft ein.

Nachdem er um acht Uhr früh eine Galeriemitarbeiterin mit seinem äußerst schlechten Englisch zur Verzweiflung gebracht hatte, erfuhr er von einer des Deutschen halbwegs mächtigen Praktikantin, dass seine Isländerin Solveig Bjarnardóttir hieß und in einer Woche zur feierlichen Eröffnung ihrer ersten Ausstellung kommen würde.

Kober legte auf. Er war entzückt, und obwohl er schon jahrzehntelang keine Reise mehr unternommen hatte, wusste er, dass er nach London fahren würde. Er würde einen Flug buchen, ein, besser zwei, vielleicht – zur Sicherheit – sogar drei Taxen vorbestellen, das beste Hemd bügeln, den einzigen Anzug zum Schneider bringen, einen Blumenstrauß kaufen, das Bild des Eisbären im Portemonnaie verstauen, sein „Paradies" verlassen und ihr in der Fremde gegenübertreten. Kober war sich sicher, dass Solveig – so nannte er sie jetzt schon in seinen Gedanken – wenn sie ihn vor sich sah, seine Notlage begreifen, alles stehen und liegen lassen und wieder bei ihm einziehen würde. Damit sie ihn in der Menschenmenge gleich erkannte, würde er ein Transparent in die Höhe halten:

„Kein Mädchen lässt einen Schneemann im Stich."

Karla Ernst arbeitete nach dem Studium der Theaterwissenschaften erst als Regieassistentin am Niedersächsischen Staatstheater in Hannover, seit 2004 ist sie freie Regisseurin und Autorin. Die gebürtige Stralsunderin (Jahrgang 76) schrieb mehrere Theaterstücke – eines wurde für den Baden-Württembergischen Jugendtheaterpreis nominiert.

Martin Sarmiento Vega

You are welcome

Achtzehn Uhr, Münchener Freiheit. Fotoapparat um den Hals, Blick zum Siegestor, Zigarette anzünden. Ein Seufzer. Diógenes zieht den Schiebegriff seines kleinen Trolleys heraus und trottet die Leopoldstraße herunter. Die kleinen Räder knacken und verheddern sich im Streusalz und Straßendreck vom letzten Winter. Anhalten, Leute beobachten. Diógenes und sein Koffer schleichen weiter. Kurz stehen bleiben, ein Foto schießen und weiter die Menschen beobachten. Nächste Ecke, aufpassen. Diógenes, die Kamera und sein Koffer werden beinahe von einem BMW plattgefahren. Straße um Straße immer das Gleiche. Gehen, anhalten, hoffen. Anhalten und hoffen, dass jemand ihn anspricht. Same procedure as every day.

Klein, schmal, dunkel. Diógenes, der dominikanische Penny-Mitarbeiter. Seine Haut verschmilzt mit der schwarzen Baseballkappe, nur seine großen Augen und seine perlweißen Zähne blitzen hervor.

Er stellt sich vor einem Café hinter eine Laterne, holt einen Falk-Stadtplan heraus und blättert mit verirrtem Blick darin herum. Abwarten. Zwanzig, dreißig Minuten. Er heftet seinen Blick auf den Stadtplan, zieht die Augenbrauen zusammen und zündet noch eine Zigarette an – die letzte. Ein junges Mädchen mit Rastalocken, Sandalen und Hippie-Rock geht in seine Richtung. Es schaut und lächelt ihn an. Diógenes auch. Entschuld ... Sie geht weiter. Mist. Diógenes steckt den Stadtplan in den Koffer und schlurft zur Münchener Freiheit zurück.

Halt, warte mal, kann ich dir helfen? Er dreht sich um, hebt den Blick. Ja, danke. Das hübsche Rastamädchen steht vor ihm, blaue Augen. Ich suche Marienplatz. Maria was? Marrrieeenplatz. Ach so, Marienplatz. Ja, genau. Das Mädchen erklärt ihm den Weg.

Diógenes wirft einen schnellen Blick auf seinen Trolley. Kann man den Aufkleber an dem kleinen Koffer noch sehen? Kommst du direkt vom Flughafen? Jawohl, sichtbar genug. Ja, aus Lateinamerika. Hey, bist du Latino? Sí. Willst Kaffee?, fragt Diógenes extra laut und deutlich. Sein Herz rast. Aber nur kurz, antwortet sie. Gleich treffe ich mich mit meinem Freund. Kein Problem. Eine halbe Stunde nicht alleine, nicht den ganzen Abend vor dem Fernseher sitzen müssen. Schön.

Wow. Blonde Mädchen, teure Autos, Miniröcke, englischer Garten, Trommler, Bikinis, Grillpartys. Alles neu, alles traumhaft. Alte, hängende, sonnenverbrannte nackte Haut an der Isar. Auch neu für ihn, aber nicht so traumhaft. Egal. Biergärten, Sonne, schöne Bars, Frauen – die perfekte Stadt.

Anfangs spricht er jeden an. Man versteht ihn nicht? Egal. Hände, Füße und ein Lächeln helfen ihm. Und die Sprache? Keine Eile. Er ist erst vor fünf Tagen in der Stadt angekommen. Sein heißes karibisches Blut fließt galoppierend. Hallo München, da bin ich, Diógenes, der Latin Lover.

Sommer, Herbst. Jedes Wochenende im Kunstpark Ost, von Mittwoch bis Sonntag. Woche für Woche. Ein Bier mit Tequila und ab auf die Piste. Tanzen, seine Leidenschaft. Spontane P(r)olonäsen. Er ist immer dabei. Diógenes mischt sich unter alle diese wildfremden Gäste. Small Talk hier, Small Talk da, radebrechen bis zum Umfallen. Sechs Uhr, halb sieben, das junge Publikum geht nach Hause. Ein letztes Bier, dann haue ich ab. Stimmt. Gegen sieben Uhr fährt Diógenes heim. Allein.

Der Herbst ist vorbei. Der Winter drückt auf die Stimmung. Keine Sonne oder Antidepressiva dabei? Kein Problem. Bier und Party, damit lebt Diógenes seinen ewigen Sommer weiter.

Samstagvormittag: dicker Kopf, Schüttelfrost und trockener Mund. Was für eine resaca. Die Glotze in seinem Zimmer ist immer noch an – die Sendung mit der Maus. Diógenes rülpst. Mierda, ihm schmeckt der Mund nach altem Quark. Sofort aufs Klo. Döner- und Pommesreste. Diógenes übergibt sich zu Ende und schaut zum Klo. Ekelhaft. Einen großen Schluck Wasser, mehrmals gurgeln und eine nicht definierbare Flüssigkeit aus Wasser, Restalkohol und Essensresten zurückspucken. Den Mund mit dem unteren Teil seines Unterhemdes abputzen und unter dem Klatschen seiner Badelatschen in die Küche schlürfen. Unterhose und Socken bleiben neben dem Klo liegen. Diógenes holt ein Glas Wasser und ein Alka-Seltzer und latscht in sein Zimmer zurück.

Im Unterhemd und mit nacktem Hintern setzt er sich auf den Rand seines Betts und guckt ein paar Sekunden der Maus und ihren Kumpels zu. Langweilig. Oder vielleicht nichts verstanden? Weiter zappen. RTL II, Bravo TV. Irgend etwas über das Münchener Nachtleben läuft in diesem Augenblick. Diógenes trinkt zu Ende und rülpst zweimal. Keine Essensreste im Mund. Uff. Er legt sich wieder hin und verfolgt die Bilder mit leuchtenden Augen. Schöne Location. Wo kann das sein? Ein rothaariges Mädchen labert und labert pausenlos vor einem Mikrofon. Aha, Schwabing. Bar, cool und trendy kann er auch verstehen. Sonst versteht er kaum etwas. Hübsche Mädels und attraktive junge Männer mit hellblauen Hemden und rosa Pullovern trinken Mojitos und rauchen Zigarren. Da muss er hin. Diógenes verfolgt den Bericht mit offenem Mund, notiert die eingeblendete Adresse und döst wieder ein. Alles wird gut werden. Bis jetzt war er einfach zur falschen Zeit am falschen Ort gewesen.

Zwanzig Uhr. Diógenes steht am Eingang der Bar. Wie viele hübsche, latinophile Menschen werden drinnen nur auf ihn, den heißblütigen Südamerikaner warten? Ein letztes Mal sich herausputzen, seine Tanzschuhe mit der Rückseite seiner Hosenbeine auf Hochglanz polieren, tief durchatmen und ab zum Portier. Hola, buenas noches. Was willst du? Hallo, guten Abend, grüßt Diógenes noch einmal. Auf Deutsch, langsam und laut. Dann geht er hinein. Zumindest ist das seine Absicht. Der Türsteher packt Diógenes am Kragen und holt ihn sofort zurück.

Sorry Amigo, du kannst hier nicht mit Sportschuhen rein.

Aber…

Aber gar nichts, mach Platz. Die Ladys wollen rein. Hallo, meine Hübschen…

Der Rausschmeißer schubst ihn zur Seite. Zwei blonde Mädchen, beide mit Turnschuhen, geben dem Eingangsmenschen zwei Bussis und betreten die Kneipe.

Sie Sportschuhe auch haben.

Freundchen, das sind Pumas All Timer, und sorry, aber ich muss weiterarbeiten, hasta la vista baby!, und weg war der Türsteher. Diógenes bleibt kurz stehen und guckt zu Boden. Mit roten Augen dreht er sich um, schleicht die Treppen zur U-Bahn hinunter und kehrt mit zwei Knöpfen weniger am Hemd nach Hause zurück.

Die Zeit verging schnell, überlegt Diógenes, als er wieder einmal alleine vor dem Fernseher sitzt. Schneller, als er dachte. Jetzt ist alles anders. Er kennt die Stadt und ihre Gesichter, bemerkt aber auch, dass nicht alles, was blond glänzt, unbedingt Gold ist. Er besitzt eine Monatskarte, Telefonrechnung und Miete muss er auch zahlen. Einmal pro Woche einkaufen und samstags im Keller Klamotten waschen. Sechs Tage im Lager im Supermarkt wie ein Esel ackern, jedes Wochenende alleine saufen und den ganzen Vormittag den Kater im Bett kurieren. Das ist sein Leben, mehr passiert nicht. Leute kennt er auch nicht. Seine Stimme ist nicht mehr so laut und selbstbewusst wie früher. Sein Blut fließt langsamer und ruhiger. Wo ist sein naiver und verlorener Touristenblick geblieben, der ihm Monate zuvor geholfen hatte, die Zuneigung und Hilfsbereitschaft der Leute zu gewinnen? Angepasst, verloren, ausgelöscht? Diógenes philosophiert weiter. War er auf dem besten Weg, den Zug der Integration zu verpassen?

Eines Tages, nach einigen weiteren durchsoffenen Nächten und missglückten Kontaktanbahnungen, geht er joggen. Die Batterien seines Walkmans sind alle, schnell zum nächsten Zeitungskiosk. Ich möchte Batterien, bitte, zwei. Die Dame an der Kasse runzelt die Stirn. Diógenes zeigt der Frau eine alte Batterie. Zwei, bitte. Was will der?, fragt sie laut und wirft einen Blick auf den Rest der Kundschaft. Diógenes errötet. Zwei Batterien, erklärt ihr ein junger Mann, der ganz hinten an der Schlange steht. Ach so, mei. Erst dann bekommt Diógenes seine Akkus. Er packt sie aus und mustert den Kunden, der hinter ihm steht. Ein Tourist, aus Asien. A Weks plis, bestellt er. Die Frau kichert und gibt ihm eine Flasche eisgekühltes Becks. One Euro bitte. Thank you. You are welcome, Sir, bitte schön.

Diógenes geht joggen.

Hawaiihemd, Cargohose und Sommer-Sandalen, sein bester Sommerlook. Schnell die Treppen zum Keller hinunter. Diógenes holt seinen kleinen Trolley, staubt ihn ab und fährt zum Flughafen, to the international Bavarian FJS-Airport.

Ankunftshalle: Dutzende von Abholern warten mit Blumen und handgeschriebenen Zetteln auf ihre Liebsten. Diógenes steht ganz vorne und lächelt alle angekommenen Fluggäste an und verfolgt alle mit seinem Blick. Nebenbei guckt er unauffällig im Mülleimer nach, vielleicht wird er dort fündig. Eine junge Geschäftsfrau geht hektisch an ihm vorbei, zieht den Aufkleber ihres Koffers ab und schmeißt ihn in den Mülleimer. Diógenes pfeift, räuspert sich und nähert sich dem Abfallkorb. Niemand achtet auf ihn. Blitzschnell holt er das wertvolle Stück Papier heraus, geht zur S-Bahn und fährt in die Innenstadt zurück.

Schon in der S-Bahn öffnet er den Koffer. Fotoapparat, Falk-Plan und seine schönste Sonnenbrille holt er heraus. Weiter mit der U-Bahn bis zur Münchener Freiheit. Brille auf, Fotokamera um den Hals, Schiebegriff des Trolleys heraus. Und den Aufkleber auf den Koffer kleben. Diógenes zündet sich eine Zigarette an und biegt in die Leopoldstraße ein.

Seit diesem Tag läuft Diógenes diese Straße rauf und runter, runter und rauf. Die Leopoldstraße, sein zweites Zuhause. Er blättert mit verirrtem Blick im Falk-Plan so lange herum, bis jemand ihn anspricht. Je nach Stimmung antwortet er auf Englisch oder auf Deutsch. Er ist jetzt wieder ein Tourist in der Stadt mit Herz. Mit festem Wohnsitz.

Martin Sarmiento Vega ist gebürtiger Kolumbianer (Jahrgang 1967), er studierte Elektrotechnik in Bogotá und Berlin. Heute lebt er in München, wo er bis 2004 als Vertriebsmanager tätig war. Er hat einige Schreibseminare besucht und arbeitet an seinem ersten Roman.

Alexandra Steffes

Konfirmiert

Auf dem Weg zum Unterricht kam ich von der Bushaltestelle in der Geschwister-Scholl-Straße immer an dem Büdchen am Marktplatz vorbei. Meine Mutter, die sonst nicht an Taschengeld glaubte – sie redete nie davon –, gab mir jeden Donnerstag ein Zweimarkstück, das ich da ausgab. Es sollte mir die nächsten eineinhalb Stunden versüßen. Während die Kiosk-Frau eine große Tüte Gemischtes vollmachte, sagte ich „Bitteschön" und „Dankeschön", und „Könnten Sie vielleicht" und sie sagte dann oft, ich wär' eins der höflichsten Kinder, das sie in ihrer langen Zeit in dieser Bude hier getroffen hätte. Das lag vielleicht daran, dass die übrigen Kunden Marktplatz-Penner waren, die mit ihren Bierflaschen um die katholische Kirche rumstanden, aufs Pflaster rotzten und sich gegenseitig lautstarke Predigten hielten. Mich setzte das unter Druck, jeden Donnerstag noch höflicher zu sein als den Donnerstag zuvor.

„Ein' Feste Burg" stand in gotischer Goldschrift über dem Eingang unserer Kirche. Immerhin hatte sie einen Turm aus etwas welkem Backstein, und ein Stück Garten, ein Rasen mit Blumenhecke, war auch da. Mein Vater erzählte, wie beim Bombenangriff im Krieg die Fenster aus dem Seitenschiff gefallen seien. Danach hätte man verhindern müssen, dass geplündert würde. Ich glaube aber nicht, dass es da drin etwas wie einen Isenheimer Altar oder das letzte Abendmahl gab. Das Innenleben bestand schon immer, soweit ich weiß, aus demokratisch-nüchternen Bänken, Leuchtern und Sprüchen.

Wir waren fünf. Zwei von uns, Helmut und Ingo, kamen, wie wir Kirchen-Internen sagten, von außen; Esther, Christian und ich bildeten den internen Teil der Konfirmandengruppe. Unsere Eltern kannten sich vom Sehen und vom Händeschütteln und von Sonntagskaffees. Sie kannten die Geschichte der Kirche und die der Vorgänger des jetzigen Pfarrers, soweit die eine erzählenswerte Geschichte aufzuweisen hatten. Dass Pastor Wiechert eine hatte, wussten wir. Bevor er mit Ende fünfzig zu uns kam und seinen ersten Job auf deutschem Boden übernahm, war er zwanzig Jahre in Japan Missionar gewesen. Er war klein, schlank, mit wenig weißem Haar und glatter, straffer Kopfhaut und trug eine Brille mit schweren Gläsern, hinter der seine Augen wie Guppys schwammen. Etwas „von dahinten" schien an seiner feingliedrigen Wesensart hängen geblieben zu sein: Er hatte die Angewohnheit, den Mund bei ernsten, genau wie bei belanglosen Aussagen zu einem breiten Grinsen zu verziehen. Wenn er einem zur Begrüßung die Hand gab, nickte er einige Male mit dem Oberkörper vornüber wie ein Jude an der Klagemauer oder eben wie ein Schlitzauge.

Es hieß, als er damals zu uns kam, dass es Bedenken gegeben habe, was seinen ehemaligen Beruf anging, oder seine, wie er das nannte, Berufung. Seine Missionsgesellschaft, erzählte er damals prompt auf der Willkommensfeier, hätte für jeden ihrer Missionare vor der Ausreise nach Afrika einen Sarg in Auftrag gegeben. Den nahm man mit, egal wohin, für den unwiderruflichen Fall der Fälle. „Rückfahrttickets? So was hatten die nicht gehört", hatte Pastor Wiechert gegrinst und bei schräg gehaltener Tasse seinen Kaffee verschüttet, „man hatte Vertrauen, verstehen Sie, man fühlte sich… aufgehoben." Die Presbyter erwiderten sein Lächeln, aber ihr Blick blieb dabei auf die Tasse zwischen Pastor Wiecherts Fingern geheftet.

Ingo ging nicht regelmäßig in die Kirche, jedenfalls nicht bei uns. Sein Opa war ein altes Mitglied, saß im Altenheim und stand beim Pastor auf der Besuchsliste. Ich nehme an, dass Ingo so zu uns in den Unterricht kam. Man wusste nicht viel über ihn, außer dass er immer mit Aktenkoffer auftauchte, ein Ding aus schwarz glänzender Hartschale mit CDU-Aufkleber, Zahlenschloss und zwei horizontalen Klappscharnieren, die auf Fingerdruck schnappten.

Der andere Externe, Helmut Siebert, kam aus der Nachbarschaft und war allen fremd. Seine Eltern hatten bei der Suche nach etwas Richtigem für ihren Sohn wohl aus dem Wohnzimmerfenster geguckt. Und die Wahl war auf unsere Kirche gefallen. Helmut passte bei uns rein wie eine Playbig-Figur unter Zinnsoldaten. Allein der Name: So hieß ein Onkel, dachten wir, nicht ein Dreizehnjähriger. Er hatte rotes Haar und einen glänzenden Zinken im Gesicht, wo bei uns noch brav die Kindernase saß. Und er roch nach Butter. Seine tarnfarbene Kampfhose hatte an ungewöhnlichen Stellen Taschen. In einer der Seitentaschen auf Kniehöhe schleppte er einen Dolch herum. Taschenmesser wäre zu wenig gesagt; Fahrtenmesser klänge zu harmlos; es war ein krummes Messer in einer Scheide.

Donnerstags saßen wir also in U-Form in dem modernen flachen Anbau zusammen, wo noch der Büchertisch, die Opfersäckchen, das Regal mit Gesangsbüchern und ein Stapel Stühle untergebracht waren. Es war dämmrig dort und zog. Draußen konnte Sommer sein, aber hier drinnen schien die Julisonne in staubigen, verwässerten Streifen durch eine Glasbausteinwand.

Christian, der meistens neben mir saß, unterhielt sich damit, Comic-Figuren an den Heftrand meines Ordners zu malen. Eine Kreuzung aus „Sturmtruppen"-Generälen, Lederschwulen oder Polizisten riss sich gegenseitig Arme aus und schrie sich mit Spucke vor den aufgerissenen Mündern an: „Reißen se sich zusammen, Mann." Oder: „Machen se ma kein Problem hier mit den Armen." Ich glaube, Christian und ich – wir verstanden uns gut. Mit Esther war das komplizierter. Wir waren die einzigen Mädchen im Unterricht. Wir gingen auf die gleiche Schule, auf der auch unsere Väter schon ihr Abitur gemacht hatten. Es war klar, dass wir uns anfreunden würden. Wir bemühten uns. Wir waren beide nett. So richtig wurde nichts daraus. Wenn, hätte ich Esther zum Beispiel gern um eine Meinung zu Helmut gefragt, was sie über ihn dachte, aber sie war mir zu unberechenbar. Ich hatte Angst, sie könnte ihn ernst nehmen, und ich müsste dann auch so tun.

Von Helmuts Schule waren es zehn Minuten zu Fuß. Er war trotzdem immer der Letzte. Zwanzig nach vier kreuzte er auf, mit baumelnder Aldi-Tüte, und war noch ganz in Schulstimmung: Er stellte die falschen Fragen direkt am Anfang. Das ergab die interessantesten und langwierigsten Antworten. Pastor Wiechert griff fast alles auf, was Helmut ihm vor die Füße schmiss – und er verstrickte sich dann. Dadurch blieb weniger Zeit für diktierte Antworten und auswendig zu lernende Stellen. Nicht ganz gleichgültig hielten wir die Köpfe über unsere Ordner und kritzelten. Hin und wieder schauten wir hoch, mal fassungslos-ungläubig, mal gleichgültig-verständnislos. Dabei war es so, als würden wir uns alle angucken und zulächeln, Herr Wiechert inbegriffen.

„Das Leben is wie ne Hühnerleiter, eh, kurz und beschissen", sagte Helmut, während er in seiner Tüte nach der Lektion kramte, „Scheiß-Hausaufgaben. Und hier machste auch nur Scheiß. "

„Was würdest du denn gerne tun, Helmut?", fragte Pastor Wiechert mit ernstem Grinsen.

„Ich werd Berufssoldat. Sowieso. Krieg ich richtig Schotter."

„Meldste dich gleich bei der Fremdenlegion, Helmi, Dick-und-Doof-in-einem-mäßig", nuschelte Christian, guckte nicht hoch und schrieb „Supersiebert lässt wieder einen fliegen" an den Rand meines Hefters.

„Wenigstens kriegste beim Konfamiern am Schluss Bezahlung. Für die Schule sollten se das auch machen, wa."

Herr Wiechert fragte in die Runde, ob sonst noch jemand etwas von seinem Tag oder aus der Schule erzählen wollte, oder er leitete über: „Berufssoldaten kennen Disziplin. Um Disziplin geht es heute auch, und um das Gesetz. Im Alten Testament…"

Nach dem Unterricht nahm mein Vater mich mit. Ich lief die Geschwister-Scholl-Straße runter, vorbei an dem Geschäft mit den Hammondorgeln und dem Nagelstudio. Hinter der alten Grundschule, Ecke Moskauer Straße, bog ich auf den Trampelpfad. Ich ging das Stück an dem blinden flachen Betonklotz, dem alten Bunker entlang. Am Ende des Pfützenwegs lag schließlich vor mir das Parkplatzgelände. Von der Werksmauer bis zur Hauptstraße reihte sich hier Auto an Auto. Ich wanderte im Zickzack, mein Ziel war der alte Fahrradschuppen. Mit seinem vergilbten, gelben Kunststoffdach, das von weitem wie Wellblech aussah, erinnerte er mich immer an Bilder vom Zweiten Weltkrieg. Abends, wenn ich kam, begann der Auto-Teppich Löcher aufzuweisen. Die meisten Werksfahrräder standen dann, Lenker an Lenker, mit dem Vorderrad ordentlich im Schuppen aufgebockt. Mein Vater hatte eins, rot mit gelber Herrenstange, um damit die Strecken zwischen den Chemiebetrieben und Kantinen zurückzulegen und abends den Weg vom Schreibtisch zum Parkplatz.

Wenn ich gegen fünf vom Unterricht kam, hatte ich mir angewöhnt, die Fahrräder im Schuppen abzugehen. Ich registrierte die Nummern – vier schwarze Zahlen auf weißer Plakette –, die unter jedem roten Ledersattel festgemacht waren. 3492 war mein Vater. Nachdem ich mich überzeugt hatte, dass sein Rad noch nicht dastand, setzte ich mich davor auf die Stange und wartete. Von hier aus hatte man alles im Blick: die Autos, das Tor 5 und die Werksmauer mit ihrem braunen Muster aus Waschbeton. Dahinter lag eine abgeschottete Welt. Was ich aus der Ferne durch den Toreingang erspähen konnte, war die breite, bucklige Pflasterstraße, die sich im Fluchtpunkt verlor, und rechts und links den offenen Darm aus Geräten, Schläuchen, Rohren in Braun, Grau und anderen schmutzigen Farben. Wenn ich die Augen zu Schlitzen machte und blinzelte, reflektierten die Autodächer die Sonne wie eine glitzernde Meeresoberfläche. Hinten, über den Kesseln und Schloten, stieg ein wuchtiger schneeweißer Bausch, eine nicht abreißende Schönwetterwolke, in den blauen Sommerhimmel.

Nur Wasserdampf aus den Kühltürmen, sagte mein Vater immer, aber gegen das strahlende Blau kam einem das, was da verpulvert wurde, bedeutungsvoll vor.

Um halb sechs nahm die Welle ankommender Herrenfahrräder zu. In kürzeren Abständen bremsten schwitzende Männer mit Krawatte und grauen, am Po glänzenden Hosen, stiegen mit Beinschwung ab und rissen sich die Fahrradklammern vom Knöchel. Dann wusste ich, dass ich nicht mehr lange warten brauchte.

„Und, wie geht es der Esther?" fragte mein Vater im Auto.

„Gut."

„Was habt ihr gemacht?"

„Nichts. Schöpfungsgeschichte." Wir standen auf der Schnell-straße. Ich starrte auf den schmalen Fluss, grau, wie mit einem Lineal gezeichnet. Auf dem Fahrraddamm oberhalb des Ufers fuhren Herren mit Hosenklammern auf Werksrädern nach Hause und überholten in paralleler Entfernung.

„Helmut, kennste nich, hat gesagt, wer lügt denn, sein Biolehrer, weil der sagt, der Mensch stammt vom Affen ab, oder die Schöpfungs-geschichte." Der Verkehr kam ins Rollen. Mein Vater löste die Hand-bremse.

„Klassiker, was?", sagte er und unterdrückte ein Gähnen.

„Herr Wiechert meinte, wenn man sich die Schöpfungsgeschich-te anguckt, fällt auf: Gott benennt alles. Er nannte den Tag: Tag. Weil wir so Sachen lernen und verstehen. Wir geben einer Sache einen Na-men und meinen, wir haben damit was erklärt, die Sache verstanden. Das im Griff."

„Dann fahr doch, Trottel." Mein Vater bremste und drehte den Kopf zu mir. „So?", sagte er.

„Zum Beispiel Krankheiten. Wir sagen, jemand hat einen Blind-darm, sagt Herr Wiechert, und meinen, wir haben dadurch kapiert, wieso einer bricht und Bauchschmerzen hat. Aber wissen wir eigent-lich, was das genau ist, ein Blinddarm? Genau genommen geht es nämlich um ne Blinddarmentzündung. Deshalb der Spruch, wo Gott sagt: ,Ich habe dich bei deinem Namen gerufen, Du bist mein.'"

Wieso ich das erzählte, wusste ich nicht. Vielleicht dachte ich: Wenn ich meinen Vater langweile, will ich das richtig machen. Viel-leicht auch nicht. Es gab Leute, die so Medizin betrieben haben", rede-te ich weiter. „Früher. Nosologen. Die waren von der Botanik derma-ßen angetan, wo sie Pflanzen mit Namen und Latein versehen haben, und die dann untereinander eingeordnet, nach Gruppen, Familien und so, die dachten, das Prinzip würde bei Krankheiten genauso funk-tionieren. Hey, rot." Mein Vater reagierte, ich machte eine Pause und setzte erneut an. „So gesehen ist ,Evolution' bloß ein Name, ein Name für die Schöpfungsgeschichte. Und die Geschichte in der Bibel wär der

poetische Name. Im Johannesevangelium gibt es auch einen Weltan-
fang direkt am Anfang. Den kann man zum Beispiel so wörtlich auch
nicht kapieren. Wie soll das Wort Fleisch werden, wie kann man das
wörtlich nehmen. Das widerspricht der Adam-und-Eva-Geschichte im
ersten Moment genauso. Aber Johannes wollte damit was ausdrücken.
Eine Wahrheit. Das Problem ist, sagt Herr Wiechert, dass wir auf dieser
Erde Worte haben, mit denen wir uns alles zurechtlegen. Und Worte
werden aber nie den göttlichen Anfang der Welt aus der Welt erklären
oder in sie hinein. Deshalb heißt es Glaube. Und dann meinte er noch,
dass die Wahrheit nicht nur ein Wort ist, sondern eine komplizierte
Angelegenheit. Und vielleicht sogar ein Widerspruch. Aber das, meinte Herr Wiechert, wär auch nur ein Wort."

Es war ein paar Sekunden still. Mein Vater wandte den Kopf und
setzte etwas verzögert und mit hebender Stimme an:

„Das hat er gesagt?"

„Glaub ich, ja", sagte ich.

„Ganz schön…" Sein Blick, der auf den Verkehr gerichtet war, fiel
kurz auf mich. Dann sah mein Vater wieder geradeaus.

Den Rest der Fahrt über sagte er nichts mehr. Es war nicht klar, ob
er ganz schön und Punkt meinte, oder ganz schön etwas, für das ihm
die Worte fehlten.

Nachdem ich meiner Mutter beim Abendessen einen nicht so
ausführlichen Bericht von der Stunde gegeben hatte, sagte meine Vater, als würde er seinen Satz im Auto zu Ende führen: „Siehst du, Rita,
und wir dachten, der Mann könnte rechts sein. Der hat sich von den
Buddhisten da unten den Kopf verdrehen lassen, der Vogel." Und er
lachte.

„Georg!" Meine Mutter hörte auf, ihr Brot zu schmieren. Sie
schaute ihn mit großen Augen an, dabei richtete sie die Messerspitze
auf mich.

Ich hatte danach das Gefühl, dass ich Herrn Wiechert mit meinen Inhaltsangaben Unrecht tat. Es ging meine Eltern eigentlich auch
nichts an. Schließlich waren sie nicht dabei. Ich für meinen Teil fand
es interessant. Pastor Wiecherts Gedanken führten um die Ecke, wenn

man glaubte, längst an den Punkt gelangt zu sein, den man nur zu gut vom Sehen kannte. Es war dadurch nie genug Zeit vorhanden, die vielen Worte, die er in einer Antwort machte, im Heft unterzubringen.

Seine Geschichten über die Schwierigkeiten, Japaner zu missionieren, gefielen mir auch. Von Sachen wie Essen und Schrift ganz abgesehen, sagte Herr Wiechert, Höflichkeit hätten die Japaner zu etwas gemacht, das einer vierten Dimension gliche.

„Und, die vierte Dimension, gibt es die überhaupt? Ewigkeit, ja, das wolltest du doch sagen, Helmut", nickte Herr Wiechert, während Helmut den Finger nicht aus der Nase nahm, „ein Wort, sicher, aber was für eine Vorstellung. Wir haben stattdessen nur ‚Zeit'. Schlicht und ergreifend."

Ewigkeit, so Herr Wiecherts Fazit, war entweder das Kontinuum der Zeit, die Nicht-Unterbrechung derselben oder deren komplette Auflösung, deren Nicht-Vorhanden-Sein, und damit grundsätzlich unvorstellbar. Kein Wunder, schloss er, dass die Erschaffung der Erde, das Kunstwerk Gottes, das Werk, so beschrieben oder ausgedrückt würde, wie es bei Genesis zu lesen stand.

An die Konfirmation, später, erinnere ich mich nicht gut. Es gab kaltes Buffet im Hotel Romolo für die Verwandtschaft, und ich bekam weniger Geld zusammen als mein Bruder vor mir. Ein Onkel schenkte einen Kulturbeutel mit zwei bunten Haarspängchen. „Dieses Lederetui Dir", stand auf der Karte, „und alles Gute für die Zukunft." Ich hatte kurze Haare.

Was ich noch in Erinnerung habe, ist der Morgen in der Kirche, wahrscheinlich wegen der Vorträge. Drei Wochen vor dem Termin erwähnte Herr Wiechert das zum ersten Mal.

Während er uns den Ablauf der Feier erklärte – Ansprache, Predigt, Lieder, Aufstehen, Setzen –, sagte er: „Vorschlag: Ihr sagt nicht den Katechismus auf, oder so. Klingt altmodisch und zu sehr nach einem berühmten Romananfang. Das Ende einer anständigen Familie, wie?" Herr Wiechert grinste, wir sagten gar nichts. „Wie dem auch sei. Wie wäre es, ihr macht euch selbst ans Werk?"

Die Idee war, dass wir jeder fünf Minuten etwas Selbstverfasstes über die zehn Gebote vortragen. Jeder ein Gebot. Wir losten, wer welches bekam. Alle hatten etwas, bei dem man ausholen konnte, etwas übers Hebräische sagen, die Ursprünge und Verhältnisse erklären. Esther zum Beispiel hatte „Du sollst nicht falsch Zeugnis reden" gezogen, aber ich hatte „Du sollst nicht töten". Ein Gebot, für das man potentielle Mörder brauchte, nicht Onkel, Cousinen oder eine Kirchengemeinde.

„Stell dir vor, es wär die Nummer vier. Und deine Eltern sitzen erste Reihe. Das wär richtig peinlich", sagte Christian.

Ich erinnere mich, dass meine Eltern am Morgen der Feier eine „kleine Unterredung" hatten. Sie verzögerte unsere Abfahrt derart, dass wir in einen vollbesetzten Saal kamen, als die Orgel bereits spielte.

„Nein", hatte mein Vater am Frühstückstisch gesagt und ruhig mit dem Kopf geschüttelt, „das muss gar nicht sein. Du siehst doch, der Mann hält selbst wenig davon. Wenn der die noch nicht mal das Apostolische Glaubensbekenntnis aufsagen lässt oder das Vaterunser oder so was."

„Es ist aber Tradition", hatte meine Mutter bestimmt mit dem Kinn genickt, „du musst ihn wenigstens zu einem Stück Torte nachher einladen. Es muss ja nur kurz sein. Es gehört sich einfach so."

Mein Vater nahm einen hastigen Schluck aus seiner Tasse und stand, noch während er die Tasse absetzte, auf. Er griff mit einer Hand nach seinem Mantel auf dem Stuhl neben sich.

„Kannst du machen. Du lädst den Mann ein. Du weißt ja immer, wie man das macht. Alles. Ich nicht. So." Er zog den Mantel an und tippte auf seine Armbanduhr. „Jetzt kommt. Wir müssen."

„Schön", sagte meine Mutter, indem sie das Wort in die Länge zog. Sie legte beide Hände flach auf den Tisch, saß da eine Weile so, stand dann auf und räumte das Geschirr ab, Tasse für Tasse. Danach ging sie ins Bad, zum zweiten Mal an diesem Morgen, um sich noch einmal um Haar und Make-up zu kümmern.

So kam es, dass ich nicht neben den anderen im linken Flügel zu sitzen kam, sondern den einzigen Platz in der ersten leeren Reihe vorne rechts hatte. Hinter mir saß Familie Siebert. Helmuts Mutter hatte sich so gesetzt, dass ihr Rock im Schoß eine Lache bildete. Herr Siebert trug einen Anzug. Er hatte die Beine übergeschlagen und zeigte neben ehemals weißen Tennissocken ein gutes Stück behaarte Wade, bevor irgendwo das Hosenbein ansetzte.

Nachdem Pastor Wiechert die Versammlung begrüßt hatte, sangen wir das Lied 389 aus dem roten Liederbuch. „Geh aus mein Herz", sangen wir, während ich mich zu entspannen versuchte. Das isolierte Sitzen half dabei nicht. Ich hörte meine wackelige Stimme deutlich heraus, weil die Reihe hinter mir – Mutter und Vater Siebert und Helmuts zwei Brüder – schwieg und mich wie eine Schallmauer vom Rest der Singenden und der Orgelmusik abschnitt. Ich schaute zu den anderen hinüber. Die Hände der Jungen ruhten auf der Bügelkante ihrer Anzughosen. Christians dünne Lederkrawatte bewegte sich beim Schlucken. Daneben saß Esther, vorgebeugt. Das Liederbuch auf den Knien fuhr sie mit dem Finger die Zeilen entlang, ihre Lippen bewegten sich stumm und eine Welle ihres dunklen Pottschnitts fiel nach vorne und gab ihrem Gesicht einen ausdrucksvollen Schatten, eine theatralische Umrandung oder Kante.

Mir fiel plötzlich ein, wieso ich mit ihr nie warm geworden war. Auf einer Kinderfreizeit im Bergischen, ein Ausflug des Kindergottesdienstes, bei dem wir gerade elf oder zehn waren, kam sie ins Zimmer gelaufen. Sie atmete hörbar, ließ sich mit dem Rücken gegen die Tür fallen und verschränkte die Arme vor dem Bauch. „Es ist schrecklich, so schrecklich…", schnappte sie. Sie hielt etwas aus Horn hoch, wie eine kleine, spitze Zwergenkappe. „Von der Kuh, abgerissen, aus Versehen, ich hab, ich hab…" Esther starrte dabei mit so großen verschreckten Kuhaugen. Sie wirkte wirklich verstört.

Danach ging sie nicht mehr über das Feld. Es brachte nichts, dass wir sagten: „Es ist eine Kuh, Esther! Das Horn muss lose gewesen sein. Du bist einfach drangekommen!" Das ganze Wochenende über stand sie am Stacheldrahtzaun und guckte, während ihr Tränen über die Wangen liefen, die sie nicht wegwischte. Die Kuh konnte man von weitem erkennen. Sie sah wirklich komisch aus. Wir alle hatten so etwas noch nicht gesehen. Rechts über dem Auge hatte sie ein kleines, unauffälliges Horn und links eine runde, flache, ampelrote Wunde, die aber nicht blutete. Nach einer Weile hätte ich gern „du dumme Kuh" gesagt, aber wir hatten alle schon genug Ärger dafür bekommen, dass wir Esther erst nicht mit auf unser Sechser-Zimmer nehmen wollten.

Herr Wiechert hielt eine Ansprache, die die Gebote einleitete. Es war schwer, sich darauf zu konzentrieren und sich so besonders zu fühlen, wie der Anlass das einem vorschrieb. Frau Siebert hinter mir prustete jedes Mal los, wenn Herr Wiechert „Sünde" sagte, und stupste ihren Mann in die Rippen, der brummelte: „Lass do ma." Nach einer Weile, und nachdem Herr Wiechert gesagt hatte, was noch käme, nämlich unsere Vorträge, fing Frau Siebert laut zu seufzen an, woraufhin jetzt Herr Siebert kicherte. Während Christian über die Heiligkeit des Sabbat, und zwar in so schnellem Tempo ansetzte, dass Frau Siebert eigentlich nichts zu seufzen hatte, hörte ich das Stöhnen hinter mir.

Esther legte bei ihrem Vortrag Gedankenpausen ein, an denen sie vom Blatt hochschaute und die ganze Versammlung zwei Sekunden musterte.

„Du sollst nicht töten, das fünfte Gebot", sagte ich und nahm mir vor, unter keinen Umständen nach vorne rechts zu gucken. Ich ratterte den Text vom Blatt herunter und merkte zu spät, dass ich direkt von Blatt drei zu Blatt fünf meiner Abhandlung übergegangen war. Mit heißem Kopf las ich wahllos und verstand den Zusammenhang beim Lesen sowieso nicht mehr. Ich wusste nur: Du sollst nicht töten.

„Ich-sterb-hier-noch-hört-dat-denn-nie-mehr-auf", hörte ich Frau Siebert raunen, als ihr eigener Sohn an der Reihe war. Ich stellte mir vor, wie die Sieberts mit Herrn Wiechert geredet hatten, als sie ihren Sohn bei ihm anmeldeten. Dann war mir plötzlich schlecht. Die Aufregung vielleicht oder die Hetze. Es war nicht so, wie es sein sollte, dachte ich. Und ich konnte das unmöglich alleine schuld sein, trotz Vortrag. Das Gefühl saß. Ich schien mich verteidigen zu müssen. Ich wusste, ich saß falsch. Hinter mir raschelten die Sieberts.

Von dem Konfirmationsgeld kaufte ich meinen ersten Walkman. Mit dem Rest machte ich ein Konto auf. Erst war es ungewohnt, die anderen nicht mehr zu sehen. Helmut war sofort danach verschwunden, Ingo traf ich manchmal noch im Bus, Christian sonntags, und Esther sah ich natürlich in der Schule. Nach der Konfirmation grüßten wir uns die ersten Wochen regelmäßig. Wir blieben stehen, wenn wir uns auf dem Schulhof sahen, bis zu dem Tag, an dem die Sache in der großen Pause passierte.

Eine Traube hatte sich vor der Glasaula gebildet. Als ein paar aus meiner Klasse und ich dazukamen, sahen wir Esther in der Mitte auf dem Boden hocken. Um sie im Kreis, stehend, jede Menge Schüler aus verschiedenen Klassen. Sie hockte da mit gegrätschten Beinen, ihr Po berührte fast den Asphalt und ihre Arme ruhten baumelnd auf den Knien. Sie schien niemanden wahrzunehmen, nicht die Leute drumrum und auch nicht die Fünftklässler, die mit roten Gesichtern zwischen den Reihen Fußball spielten.

Esther streckte die Hand nach einem Vogel aus, der nicht vom Boden wegkam. Sie versuchte ihn in die Hand zu nehmen. Der Vogel wollte nicht, hüpfte panisch. Schließlich bekam sie ihn zu fassen. Sie hielt ihn fest, in beiden Händen. Mit der Fingerspitze streichelte sie den Bauch. Das Tier plusterte ängstlich die Federn. Esther beugte sich über ihre Hand – es sah fast aus, als setzte sie zu so etwas wie einem Kuss an – und murmelte: „Hat sich den Flügel gebrochen", mit dem Mund an den Federn, die Lippen gespitzt, sagte sie: „Bist du gegen die Glasscheibe geflogen. Armer." Die Umstehenden lachten.

„Hey, Franziska von Asi", grölte einer aus der Achten. Der Vogel bewegte sich hektisch in Esthers Hand, aber wegfliegen konnte er jetzt erst recht nicht.

„Wie bitte?", sagte meine Freundin, „die ist nicht dicht, die Alte, echt nicht."

Esther war eine Klasse unter mir, aber ich wusste, was man über sie dachte. Dass jeder eine Meinung hatte, war Aussage genug. Ich schob die Leute, die vor mir standen, aus dem Weg und stellte mich vor Esther auf.

„Leg das Ding runter", sagte ich ruhig, „leg's runter."

Sie schaute mich mit großen Augen an. Der Vogel hüpfte ihr aus der Hand. Ich ließ ihren Blick nicht los, holte aus und trat zu. Etwas knirschte unter meinem Schuh. Gejohle, Geklatsche, ich guckte nicht runter. Ich bin einfach weggegangen. Zwar hörte ich die spitzen Beifallspfiffe hinter mir, umgesehen hab ich mich trotzdem nicht. Die anderen gingen mich nichts an. Ich fühlte mich besser in dem Moment, fast erleichtert. Für einen kurzen Augenblick war es, als hätte ich etwas beim Namen genannt. Eindeutig, wie ein Gebot.

Alexandra Steffes studierte Medizin, Archäologie, Englische Literatur und Geschichte der Medizin in Münster und Köln. Während des Studiums belegte die gebürtige Düsseldorferin (Jahrgang 1971) einen Creative-Writing-Kurs am Englischen Seminar der Uni Köln, 1998 nahm sie ein Jahr Auszeit, um an einem Magisterkurs Creative Writing der University of East Anglia teilzunehmen. Nachdem sie in Leverkusen und Norwich am Krankenhaus gearbeitet hat, lebt sie heute in Cambridge und Köln und schreibt an einem Roman.

Marion Boginski

Friedrich der Zweite und seine preußische Pünktlichkeit

Es gibt in unserer fast sechshundertjährigen Familiengeschichte ungewöhnlich viele Fälle von vorzeitig Verstorbenen, das wusste ich. Es waren allesamt Angeheiratete, das wusste ich auch. Mehr wusste ich nicht, bis mein Mann seinen fünfundfünfzigsten Geburtstag feierte, auf einen Stuhl stieg und verkündete, er habe etwas Wichtiges zu sagen, etwas außerordentlich Familienwichtiges. Und beim Wort Familienwichtiges hören alle zu, denn bei einer Glasbläserfamilie seit dem Spätmittelalter, aus der eine Dynastie wurde und heute noch ist, ist das Wort Familie heilig, fast so heilig wie der Heilige selbst. Alle Onkel und Tanten und Cousins und Cousinen und Neffen und Nichten hörten das Wort Familie, und sofort war es ruhig. Auf dem Stuhl stand Bertram, war sich der ungeteilten Aufmerksamkeit bewusst, straffte seine Brust, hielt ein halbvolles Sektglas seinen vierzig Familienmitgliedern entgegen und verkündete, er habe sich entschlossen, den Wald zu verkaufen und ein Glaswerk zu bauen, ein Glaswerk mit einer Million Flaschen pro Tag, und damit wäre unsere Familie reich, sehr reich.

Ich sah Bertram an und dachte, da hat er aber viel getrunken heute, dass er so einen Blödsinn erzählt, und wollte ihn herunterziehen von seinem Stuhl, auf dem er stand und auf alle herunterschaute, auf alle Onkel und Tanten und Cousins und Cousinen und Neffen und Nichten, die eine Glasbläserei hatten, hier im Ort und im Ort nebenan und dort nebenan. Aber er ließ sich nicht herunterziehen, er sagte:

„Auf das neue Glaswerk" und trank sein Glas leer, und ich kam mir vor, als wäre ich auch ganz leer. Und jetzt sahen alle Onkel und Tanten und Cousins und Cousinen und Neffen und Nichten mich an, und ich schüttelte den Kopf, denn ich wusste nichts von dem, was Bertram da gerade verkündet hatte. Innerhalb weniger Minuten waren alle Geburtstagsgäste gegangen, Bertram stand immer noch auf dem Stuhl und sonnte sich in seinem eigenen Licht, was kein Licht war, sondern Dunkelheit. Neben dem Stuhl lag Friedrich, so wie er immer dort lag, wo Bertram gerade war, Friedrich der Zweite, sein Dackel.

Ich saß am Tisch, um mich herum volle und halbvolle und leere Gläser und Aschenbecher mit gerauchten und sich selbst rauchenden Zigaretten, und dachte, wie kommt er nur auf so eine Idee, nach fast sechshundert Jahren Rosenkranzperlen und Flakons und Christbaumschmuck, und jetzt sollen es Flaschen sein, und da sagte Bertram, jede Menge Bier- und Wein- und Sektflaschen und jede Menge Geld. Ich ging und ließ ihn mit Friedrich dem Zweiten und seinen Flaschen allein, so wie ihn die ganze Familie allein gelassen hatte. Aber es dauerte nicht lange, bis die ganze Familie sich meldete, am nächsten Morgen noch vor dem Frühstück riefen sie an, alle Onkel und Tanten und Cousins und Cousinen und Neffen und Nichten. Und alle wollten dasselbe wissen, das war doch sicher nicht ernst gemeint, und ich musste sagen, doch leider, das war ernst gemeint, ich habe Pläne gefunden, Baupläne. Das vierzigstimmige „Oh Gott" hatte ich den ganzen Vormittag in meinen Ohren und Bertrams Satz „eine Million Flaschen" auch. Bertram selbst blieb den ganzen Vormittag im Bett und litt, wie er sagte, Friedrich der Zweite neben sich, der aussah, als litte er auch. Jedes Mal, wenn ich nach Bertram sah, zeigte mir der Hund seine spitzen Zähne, das tat er immer, wenn er sicher war, dass sein Herrchen das nicht sah. Und sein Herrchen konnte heute nicht richtig sehen. Und ich wollte keinen sehen, keinen aus meiner Familie, keinen aus der Familie, die seit fast sechshundert Jahren Glasbläser waren und nun dachte, jetzt ist es vorbei mit der Glasbläserei, jetzt verkauft er den Familienwald, der zwar ihm gehört, wegen eines unglücklichen Zufalls, aber eigentlich allen gehört. Und dann musste ich doch jemanden aus der Familie sehen, Onkel Willi sagte am Telefon, wir müssen reden, sofort.

Als ich bei Onkel Willi im Nachbarort ankam, fand ich ihn im Garten auf seiner altersschwachen Gartenbank, er selbst war alles andere als altersschwach, er klopfte neben sich und sagte, setz dich hierher, Mädel. Und dann sagte er, kennst du unsere Familiengeschichte, und ich sagte ja, jeder in der Familie kannte die Geschichte, sie gehörte zu unserem Leben wie das Licht, nur war das im Moment etwas trübe. Aber er sagte, ich erzähle sie dir trotzdem noch einmal.

Unser Familienstammbaum ist siebzehn Generationen hoch und fängt ganz unten mit einem Einträger an. Ich wollte sagen, ich weiß, was ein Einträger ist, er holte morgens das Glas vom Vortag aus dem Ascheofen, legte den Glasmachern das Werkzeug hin und lief und rannte den ganzen Tag und war… eine Art Diener, sagte Onkel Willi, und ich nickte. Und dann sagte er, mit der Zeit lernte er selbst das Glasmachen und durfte als Geselle auf den Glasofen und seine Kinder ebenso und deren Kinder ebenso und deren Kinder ebenso, und dann schaffte es ein Sohn zum Hüttenherr, zum Besitzer der Glashütte und dazu gehörten auch 3500 Hektar Wald. Er sah mich an, und ich dachte, gleich sagt er, das sind die 3500 Hektar Wald, die dein Mann vorhat zu verkaufen, wegen Bier- und Wein- und Sektflaschen, aber er sagte es nicht. Er sagte, unsere Familie und dazu gehörst du, ich nickte, dazu gehören alle Glasbläsereien hier im Dorf und im Dorf nebenan und dort nebenan. Ich nickte. Und dann sagte er, Bertram ist ein Angeheirateter und nur durch einen unglücklichen Zufall gehört ihm jetzt der Wald, der eigentlich allen gehört, auch dir.

Der unglückliche Zufall war mein Vater gewesen, der so cholerisch war, dass er sich mit jedem Familienmitglied zankte, nacheinander und dafür nacheinander das Testament änderte, immer zu Gunsten des nächsten Familienmitglieds, eines geborenen Familienmitglieds, und dann war er eines Tages so cholerisch, dass er einen Angeheirateten, seinen Schwiegersohn, meinen Mann, als Erben einsetzte und was sonst nur für wenige Monate überdauerte, dauerte jetzt für immer, weil er während des nächsten cholerischen Anfalls an einem Schlaganfall starb. Und nun besaß ein angeheiratetes Familienmitglied die 3500 Hektar Wald und wollte ihn für Bier- und Wein- und Sektflaschen verkaufen. Und Onkel Willi sagte, was soll jetzt aus unserer Familie werden, siebzehn Generationen Glasbläser, und nun? Ich sah ihn an und zuckte mit den Schultern. Onkel Willi sah aus, als wolle er wie sein Bruder einen Schlaganfall kriegen, im Gesicht so rot, als hätte er den ganzen Tag vor dem heißen Glasschmelzofen zugebracht, und mit den Fingern trommelte er auf der Banklehne herum. und ich dachte, wenn er so weitermacht, bricht sie ab, so wackelt sie. Aber sie brach dann doch nicht ab, weil Onkel Willi aufhörte mit dem Trommeln und sagte, kennst du unsere Familiengeschichte ganz. Und ich sagte, was bedeutet ganz. Und er sagte, in unserem Stammbaum sind einige Leute vor der Zeit gestorben, ich nickte, alles Angeheiratete, sagte er, ich nickte wieder. Und dann sagte er, kennst du die Wirkung von Glas. Welche Wirkung, fragte ich. Früher, sagte er, früher wurde Glas als Schmirgel benutzt, Tierfelle wurden damit glatt geschmirgelt und früher, sagte er, früher starben Leute unserer Familie, Angeheiratete, sagte er, vor der Zeit. Man mörserte das Glas klein und tat es ins Essen des Angeheirateten, der nicht wie die Familie wollte. Es dauert eine Weile, ist aber sehr wirksam. Was dauert eine Weile, wollte ich fragen, aber da sagte er, es ist farblos wie Salz, passt gut in jedes Essen, und ich dachte, das meint er nicht wirklich, er erzählt mir Unsinn, er ist alt, er ist senil, er bringt da was durcheinander … er sagte, das Glas schmirgelt den Darm ab, und essen ist dann nicht mehr. So war das mit denen, die vor der Zeit aus unserem Stammbaum verschwunden sind, den Angeheirateten. Ich sah ihn an und schüttelte den Kopf, nie, sagte ich, nie …

Weiter kam ich nicht, Onkel Willi tat, als hätte er mich nicht gehört, das bist du deinen siebzehn Generationen schuldig, sagte er, dass der Familienwald in der Familie bleibt. Ich starrte Onkel Willi an, er starrte mich an, dann ging er ins Haus, ich blieb auf der altersschwachen Gartenbank zurück und dachte – nie, das geht nicht, die Medizin ist viel weiter als damals, der letzte vor der Zeit Gegangene ist siebzig Jahre her, das kann ich nicht, das klappt nicht, nie …

Als ich von Onkel Willi zurückfuhr, dachte ich, ich bin betrunken von der Feier gestern, ich dürfte gar nicht Auto fahren, irgendwas stimmt mit meinem Kopf nicht. Ich litt, wie Bertram am Morgen gelitten hatte, aber als ich zu Hause ankam, litt er nicht mehr. Er stand vor dem Schmelzofen und holte aus der Glasmasse etwas mit der Glasmacherpfeife heraus und blies und drehte und zog und formte.

Neben dem Ofen lag wie immer Friedrich der Zweite. Ihn schien die Hitze nicht zu stören. Unweit seines Kopfes stand ein Wassernapf, in den er jederzeit, ohne sich erheben zu müssen, seine Zunge hineinsenken konnte. Mir war heiß, mir war unheimlich heiß. Bertram drehte sich um und hielt mir das geblasene Glas entgegen. Was ist das, fragte ich, ein neues Produkt. Das, sagte er, das habe ich für dich geblasen. Ich erkannte nicht, was es sein sollte, es hatte die Größe einer Weinflasche und die Form einer Acht. Das ist eine Sanduhr, sagte er, die stelle ich dir ab morgen in die Küche, damit du es endlich einmal schaffst, das Mittagessen pünktlich um zwölf auf den Tisch zu bringen, endlich nach über dreißig Jahren. Er schaute auf die Uhr der Werkstatt, ich schaute auf die Uhr der Werkstatt, die zeigte zehn nach zwölf. Du hast heute früh nicht ausgesehen, als wolltest du heute Mittag essen, wollte ich sagen, ich musste mich um unseren Familienwald kümmern, wollte ich sagen, aber ich sagte, du mit deiner preußischen Pünktlichkeit, und da sagte er, was hast du gegen die Preußen, die haben es weit gebracht und Pünktlichkeit ist oberste Preußenpflicht, aber das wirst du wohl nicht mehr lernen, aber ich weiß, was ich meiner preußischen Familie schuldig bin. Friedrich der Zweite fletschte dazu seine spitzen Zähne, das erste Mal in Bertrams Gegenwart, dass er das tat. Und Bertram ließ ihn gewähren, und das war der Punkt, an dem mir einfiel, was ich meiner Familie schuldig war.

Das Thema Bier- und Wein- und Sektflaschen war nur ein Thema an Bertrams Geburtstag gewesen, hinterher tat er, als wäre es nicht gewesen, auch waren die Baupläne wie nicht gewesen.

Die Sanduhr stand dann doch nicht am nächsten Tag in der Küche, sondern in der Werkstatt, im Regal für minderwertige Produkte. Ich versuchte mich trotzdem an die von Bertram vorgegebene Essenszeit zu halten, was nicht klappte, wie es all die Jahre nicht geklappt hatte. Erst waren zu viele Kunden im Laden, dann kam ein Vertreter und wollte uns etwas verkaufen, was man nicht braucht, und ehe ich ihm beibringen konnte, dass man das, was er verkauft, beim besten Willen nicht braucht, nicht in einer Glasbläserei, war es wieder zwölf vorbei, und Bertram schaute beim Mittag nach zwölf erst die Küchenuhr und dann mich an, und Friedrich der Zweite fletschte dazu seine Zähne.

In mir hallten die Worte Familienwald und eine Million Flaschen und Mittag Punkt zwölf durcheinander und übereinander und als auch in der dritten Woche nach Bertrams Geburtstag Friedrich der Zweite mich immer noch anfletschte, Bertram jeden Mittag etwas von preußischer Pünktlichkeit sagte und ein Architekt wegen des Glaswerkes ins Haus kam, griff ich zum Mörser im Küchenregal. Am ersten Tag war mir heiß, so heiß, wie es mir ansonsten nur am Glasschmelzofen wurde, wenn ich daran arbeitete, wenn ich mal an ihn rankam, wenn Bertram nichts dagegen hatte. Am zweiten Tag dachte ich an den Familienwald und die Sanduhr im Regal für minderwertige Produkte, und dann dachte ich nicht mehr.

Onkel Willi schaute vorbei und fragte, wie es mir ginge, gut, sagte ich, und dem Familienwald, sagte er, auch gut, sagte ich. Und dann fragte ich, wie lange ist „es dauert eine Weile"? Sicher einige Monate, sagte er und ging. Es dauerte dann doch nicht einige Monate, sondern nur einige Wochen, bis Bertram anfing, keinen Appetit mehr zu haben, Friedrich der Zweite ebenso. Sie nahmen beide ab, schliefen beide mittags ein Stündchen und dann zwei und dann noch mehr. Sie sahen aus, als würden sie leiden, ich litt auch, ich litt vor lauter Aufregung an Schlaflosigkeit. Fünf Wochen später fragte ich Bertram, geht es dir nicht gut, und er sagte, doch, doch, aber ich wusste, Ärzten traute er nicht mehr, seit er am Knie operiert worden war, das nicht richtig ging und hinterher überhaupt nicht mehr ging.

Friedrich der Zweite starb an einem Sonntagmorgen, Bertram schloss sich den ganzen Tag in der Werkstatt ein, und als er abends wieder herauskam, stellte er mir die Sanduhr auf den Küchenschrank, drehte sie um und sagte, Friedrich der Zweite, er wird dich ab jetzt jeden Tag an die Zeit erinnern, und dann sah ich das, was von Friedrich dem Zweiten übrig geblieben war, durch das Glas rinnen, von einem Häuflein zum nächsten.

Bertram starb zehn Wochen später. Alle Onkel und Tanten und Cousins und Cousinen und Neffen und Nichten kamen zur Beisetzung, die eine Feuerbestattung war, wie ich mir das gewünscht hatte. Und Onkel Willi sagte gutes Mädel zu mir und alle würden mich unterstützen, und meine Schlaflosigkeit, die die ganze Zeit da gewesen war, wurde noch schlimmer.

Und weil gegen Schlaflosigkeit Arbeit hilft, ging ich an den Glasschmelzofen und blies Christbaumschmuck, dessen Bestellliste lang und aus Ländern weit weg war und einfach nicht abnahm, bis die Onkel und Tanten und Cousins und Cousinen und Neffen und Nichten mir halfen. Und als sie dann kürzer war, hatte ich Zeit, eine zweite Sanduhr zu blasen. Sie wurde größer als die Sanduhr auf dem Küchenschrank, sie wurde so groß, dass ich sie auf die Erde stellen musste. Ich füllte sie und stellte sie unter die Küchenuhr und drehte sie um und sah Häuflein um Häuflein durch das Glas rinnen und dachte, Friedrich der Zweite und seine preußische Pünktlichkeit.

Marion Boginski, Jahrgang 1959, lebt in Eberswalde, sie studierte Ökonomie und schreibt seit 1997 Prosa. Ihre Kurzgeschichten sind in Zeitungen und Anthologien veröffentlicht worden, 2005 war sie in der Endrunde für den Walter-Serner-Preis.

Ingeborg Struckmeyer

Vierundzwanzig Stunden bis zum ...

Der Automotor schnurrte, die Scheibenwischer hatten keine Mühe mit dem leichten Nieselregen. Charlotte lehnte im Beifahrersitz und hatte die Augen geschlossen. Sie ließ den gestrigen Tag Revue passieren. Ihren Hochzeitstag. Alles war perfekt gelaufen. Selbst das Wetter hatte mitgespielt. Nicht gerade eine Selbstverständlichkeit im Februar. Charlotte war glücklich. Noch vor zwei Monaten hatte sie sich eine Heirat nicht einmal vorstellen können. Und dann war Hannes in ihr Leben gefallen. Dr. Johannes Hartmann, Arzt. Wie ihr Vater.

Charlotte öffnete die Augen und sah zu Hannes hinüber. Sie bemerkte, dass er wieder ein neues Hemd trug, einen Anzug anhatte, den sie noch nicht bei ihm gesehen hatte. Hannes wandte für einen Moment den Blick von der Straße und schaute zu ihr hinüber. Charlotte spürte die Liebe in sich. Vom Kopf bis in den kleinen Zeh. Sie lächelten sich zu. Dann konzentrierte sich Hannes wieder auf die Straße.

Charlotte dachte an die vergangene Nacht. An die Fürstensuite des Grand-Hotels. Luxuriös. Angenehm. Aber das hätte es alles gar nicht gebraucht. Ein schlichtes Bett hätte es auch getan. Manchmal hatten sie auch das nicht nötig gehabt. Charlotte wand sich vor Behagen. Und vor Vorfreude auf die Flitterwochen, für die Johannes ihr eine Überraschung versprochen hatte. Bisher waren alle seine Überraschungen wunderbar gewesen. Sie träumte von einem Flug in die Sonne, von türkisfarbenem Meer, Palmen. Natürlich kannte sie das alles schon. Aber nicht mit Hannes. In seinen Armen am Strand zu liegen, über sich den funkelnden Sternenhimmel. Gott, wie kitschig, dachte sie, kitschig, aber schön.

Charlotte wachte auf aus ihren Abendträumen, weil der Wagen langsamer wurde. Sie stellte fest, dass sie sich mitten im Stadtzentrum befanden und Hannes gerade die Karte für eine Tiefgarage betätigte.

„Wo sind wir?"

„Überraschung!"

Hannes fuhr auf ein Parkdeck. Mit dem kleinen Gepäck, das er ihr befohlen hatte, betraten sie einen Aufzug. Hannes drückte den obersten Knopf. Einundzwanzigstes Stockwerk. Er wusste doch, dass sie ein wenig Höhenangst hatte. Charlotte sagte nichts, aber ihr Herz schlug schneller. Als sie oben angekommen waren, stellte sie fest, dass es nur eine einzige Etagentür gab. Hannes holte ein Schlüsselbund hervor.

„Augen zu!"

Gehorsam schloss Charlotte die Augen, lachte, als er sie über die Schwelle trug. Aber ihr Lachen wich einem Schmerzensschrei, weil sie mit dem Ellenbogen gegen den Türrahmen prallte.

„Ach, mein Lottchen! Hast du dir wehgetan? Das ist aber kein guter Anfang für unsere Flitterwochen. Die werden wir nämlich hier verbringen. Vielleicht bleiben wir sogar für immer."

Sie standen im Wohnraum eines Penthouses hoch über der Stadt. Trotz der Dunkelheit draußen konnte man durch die großen Scheiben erkennen, dass der Wind die februarkahlen Sträucher des Dachgartens hin- und herbog, man hörte ihn durch die Krüppelkiefern pfeifen. Keine Palmen, keine südliche Sonne. Ein kleiner Klumpen Enttäuschung bildete sich in Charlottes Magen. Sie rief sich zur Ordnung. Hatte sie ihre Palmenträume nicht vor wenigen Minuten selbst noch kitschig gefunden? Hand in Hand mit Hannes ging sie durch die großzügig geschnittenen Räume. Die wenigen Möbel waren exquisit ausgesucht. Es gab nicht viel, was herumstand. Keine Tischlampen, keine Kerzenleuchter, keine Vasen, dafür einige mannshohe Skulpturen, große Grünpflanzen. Eine wuchtige, alte Truhe in der Diele. Ein bisschen kalt das alles, aber edel. Das Schlafzimmer wurde beherrscht von einem großen Bett mit Metallgitterstäben. Das Bad war riesig, marmorgefliest. Mit einer

Doppelwanne, zwei Waschbecken, einer Spiegelwand. Zu Charlottes Enttäuschung gab es kein Fenster.

„Das ist doch toll. Hier im Bad spielt die Tageszeit keine Rolle. Mach noch mal die Augen zu." Charlotte hörte Hannes hin- und herhuschen. Als sie die Augen wieder öffnete, hatte er das Deckenlicht gelöscht. Unzählige Teelichter brannten. Ein betäubender Duft machte sich breit. Im Kerzenschein bekam selbst der kalte Marmor einen warmen Glanz, und Charlotte gab sich dem Zauber ganz hin. Hannes' Hände streichelten ihren Nacken, fuhren über ihren Körper. Sie schmolz in seinen Armen.

„Lass uns noch die Küche anschauen." Der nüchterne Klang seiner Stimme ließ Charlotte zusammenfahren. Die Küche war ein Traum in Schwarz und Weiß. „Soll ich uns etwas kochen?" Schon öffnete Charlotte einen der Unterschränke, um einen Topf herauszuholen, aber die Schränke waren leer, bis auf einen Stapel Pappbecher und Pappteller und etwas Plastikbesteck. Im Kühlschrank standen ein paar Getränkedosen. Und eine Flasche Champagner. Hannes nahm den eisgekühlten Champagner und meinte: „Du wirst doch wohl jetzt keinen Hunger haben!?" Er griff nach zwei Pappbechern und schob Charlotte vor sich her ins Schlafzimmer. Und wirklich hatte er nach einigen Minuten Charlotte jeglichen Gedanken an etwas Essbares ausgetrieben.

Irgendwann setzte Charlotte sich auf. Sie war trunken und ein wenig betrunken. Mit gerunzelter Stirn betrachtete sie ihre Fußnägel. „Da stört mich etwas. Ich bleibe dauernd an der Bettwäsche hängen. Ich brauche meine Nagelfeile."

„Ich mach das schon", meinte Hannes. Er stand auf, holte von irgendwoher eine kleine Schere.

„Bitte, pass auf!", wollte Charlotte gerade sagen, aber da hatte er ihr schon in den Zeh geschnitten. Es tat nicht sehr weh, aber ein Tropfen Blut quoll aus der kleinen Wunde. Hannes küsste das Blut weg und küsste sie dann mit blutigen Lippen auf den Mund.

Im Laufe der Nacht tranken sie den Champagner aus. Als die Flasche leer war, stellte Hannes sie neben das Bett. Charlotte hörte, wie sie umfiel, irgendwo anstieß und unter das Bett rollte, wieder anstieß und zurückrollte. Hin und her, hin und her ... Charlotte kicherte. Dann schlief sie ein. Sie wachte auf, weil Hannes an ihr schnüffelte und das Gesicht verzog.

„Du müffelst! Du musst duschen!", stellte er fest. Charlotte war verletzt, aber sie ließ sich von ihm hochziehen und folgte ihm ins Badezimmer. Hannes griff hinter die Duschabtrennung, drehte den Hahn auf und schob Charlotte unter den Strahl. Sie schrie. Das Wasser war zu heiß, ihre Haut krebsrot. „Mein armes Lottchen", Hannes fuhr mit den Fingernägeln über ihren verbrannten Rücken.

„Sag nicht dauernd Lottchen zu mir!" Charlotte nahm Hannes das Badelaken aus der Hand.

„Ich würde gern meinen Vater anrufen", sagte sie, ohne Hannes anzusehen, „wo ist denn das Telefon?" Sie wickelte sich das Tuch um den Körper, spürte die Striemen auf ihrem Rücken. Sie lief suchend durch die Wohnung.

„Es gibt noch kein Telefon, aber du kannst mein Handy benutzen."

„Ja, gut, aber wo ist meins denn?", Charlotte kramte in ihrer Handtasche.

„Du musst es wohl vergessen haben. Vielleicht hängt es noch an der Ladestation."

„Das kann nicht sein", murmelte Charlotte, „ich erinnere mich, dass ich es kurz vor der Abfahrt in meine Tasche geworfen habe."

Hannes lächelte und reichte ihr sein Handy. Die Nummer ihres Vaters hatte er schon eingegeben.

„Wie geht es dir, meine Süße?", fragte ihr Vater, und sie spürte seine Liebe durch die Leitung strömen, „wo seid ihr? Ich hoffe, ihr habt es schön warm an eurem Urlaubsort. Hier ist grauenhaftes Wetter. Genießt eure Flitterwochen und – lasst euch Zeit!" Charlotte atmete tief durch. Und da hatte Hannes schon nach dem Handy gegriffen und redete drauflos. Er sagte nichts davon, dass sie ganz in der Nähe waren. Ehe Charlotte noch einmal zu Wort kommen konnte, hatte er das Gespräch beendet und das Handy ausgeschaltet. Das Display leuchtete grün auf, dann war es dunkel. Und still war es, totenstill um sie herum.

„Gibt es hier keinen Fernseher, kein Radio?"

„Ich wusste nicht, dass du irgendwelches Gequatsche meiner Gegenwart vorziehst." Hannes schien beleidigt.

„Ist ja nicht so wichtig", beschwichtigte Charlotte ihn.

Hannes sagte nichts. Er fuhr mit dem Finger über ihre Arme. Charlotte hatte auf einmal keine Lust auf seine Liebkosungen.

„Ich habe Hunger", sagte sie und hörte selbst, dass ihre Worte trotzig klangen.

„Okay, ich besorge uns Frühstück." Blitzschnell zog Hannes sich an, fuhr sich durch die verwuschelten Haare und war weg. Charlotte hörte die Tür hinter ihm ins Schloss fallen. Und dann hörte sie es dreimal knacken. Sie griff nach der Klinke. Hannes hatte sie eingeschlossen. Jetzt erst bemerkte sie, dass die stabile Metalltür drei Sicherheitsschlösser hatte. Sie ging durch die Wohnung, versuchte die Balkontür zu öffnen. Vergeblich. Alle Türen und Fenster waren abgeschlossen. Sie suchte nach dem Handy, aber Hannes schien es mitgenommen zu haben. Ungeduldig wartete sie auf die Rückkehr ihres Mannes.

„Wie kommst du dazu, mich einzusperren!?", fauchte sie ihn an, als er die Tür wieder hinter sich verschloss.

„Lottchen! Aus Vorsicht! Wir sind die einzigen privaten Mieter in diesem Hochhaus. Alles andere sind Büroräume. Die beiden Etagen unter uns stehen sogar noch leer. Wer weiß, wer sich hier herumtreibt!"

„Aber die Türen und Fenster zum Dachgarten sind auch abgeschlossen!"

„Na, du willst doch wohl bei diesem unwirtlichen Wetter nicht vor die Tür, noch dazu in dem dünnen Nachthemd."

Er nahm sie in die Arme. Charlotte lehnte sich an ihn, spürte die Kälte seines Körpers, die Kälte, die er von draußen mitgebracht hatte.

„Komm, lass uns frühstücken!"

Charlotte nickte. „Ich koche Kaffee." Sie ging in die Küche, nahm eine der Tüten mit den Einkäufen mit. Als sie zurückkam, um die zweite Tüte zu holen, waren das Handy und die Schlüssel, die daneben gelegen hatten, verschwunden. Nachdem sie den grauenhaft schmeckenden Pulverkaffee aus Pappbechern getrunken hatten, sich mit den Plastikmessern bei den Brötchen abgemüht hatten, fragte Charlotte zögernd: „Und was machen wir jetzt?"

„Aber Lottchen, wir sind in den Flitterwochen, was macht man da schon!" Charlotte wurde rot. „Aber wir können doch nicht nur... Ich meine, wir könnten doch ein bisschen einkaufsbummeln und später irgendwo zu Mittag essen."

„Ich hasse einkaufen. Und mittags hole ich Pizza." Wieder spürte Charlotte einen Anflug von Enttäuschung.

Sie verbrachten den Tag wie die vergangene Nacht. Mittags holte Hannes – wie angekündigt – Pizza. Während sie auf ihn wartete, lief Charlotte wie eine Gefangene durch die Wohnung. Sie öffnete alle Schränke. In einem Einbaufach fand sie einen Zahlensafe, wie sie ihn aus dem Urlaub kannte. Sie probierte ergebnislos einige Ziffernkombinationen aus.

Als Hannes mit der Pizza zurückkam, baute sich Charlotte vor ihm auf. „Ich möchte gleich einen Spaziergang machen – egal, wie das Wetter ist. Ich bin ja nicht aus Zucker", sagte sie.

„Du hast doch gar nichts anzuziehen, Lottchen!", Hannes lächelte mal wieder. Charlotte starrte ihn an. Sie riss die Kleiderschranktüren auf. Ein paar Nachthemden, ihr Bademantel, Slips.

„Wo sind die Sachen, die ich gestern getragen habe?", flüsterte sie. Hannes nickte zur Diele hinüber. Charlotte folgte seinem Blick und sah die Metallklappe über dem Müllschlucker.

„Aber mein Kostüm, mein Mantel... alles war ganz neu..."

„Ich mag es nicht, wenn Kleider Körpergeruch angenommen haben."

Charlotte verschlug es die Sprache.

„Komm, Lottchen, lass uns doch ganz normale Flitterwöchner sein!"

Normal! Hier war ganz entschieden etwas nicht normal.

Am Nachmittag – Hannes war gerade eingeschlafen – schlich sich Charlotte aus dem Bett und versuchte sich noch einmal an dem Safe. Sie war so konzentriert bei der Sache, dass sie nicht merkte, als Hannes auf einmal hinter ihr stand. Er griff nach ihrer Hand und zerrte sie ins Schlafzimmer zurück. Mit einem leisen Klicken schloss er eine Handschelle um ihren Arm. Die andere befestigte er am Stahlrohr des Bettgestells.

„Das ist krank! Du bist krank. Du brauchst einen Psychiater!", stammelte Charlotte. Hannes lächelte sein Lächeln. In seinen Augen blitzten kleine Irrlichter.

„Ich bin Psychiater, Lottchen!"

Charlotte zerrte an den Gitterstäben. „Verdammt noch mal, nenn mich nicht immer Lottchen!", kreischte sie.

Hannes grinste. „Du kannst ja Hansi zu mir sagen – wie meine Mutter. Sie ist übrigens in meiner Klinik gestorben, zum Schluss hat sie gestunken!" Für einen Augenblick veränderte sich seine Miene, in seinen Augen stand so etwas wie Qual. Dann wurde sein Gesicht wieder zu einer glatten Maske. Charlotte fing an zu weinen. Hannes deckte sie zu, legte sich aufs Bett und beobachtete sie. Bevor er am Abend mit ihr schlief, löste er die Fesseln. Charlotte blieb still liegen. Sie sah aus dem Schlafzimmerfenster die Silhouette der Stadt, die von der Abendsonne überglänzt wurde. Der Wind schien nachgelassen zu haben.

„Mir ist übel. Ich brauche frische Luft." Charlottes Knie zitterten. Hannes half ihr hoch. Er zog ihr den Bademantel an, knotete den Gürtel fest zu. Nachdem er die Schlüssel aus dem Safe geholt hatte, öffnete er die Balkontür und schob Charlotte hinaus auf den Dachgarten. Schob sie dicht ans Geländer. Charlotte spürte einen Stoß in den Nacken. Im gleichen Augenblick riss Hannes sie am Gürtel ihres Bademantels zurück.

„Bist du verrückt?", brüllte er, „wie kannst du dich so weit vorbeugen?" Charlotte sah ihn nur an. Verrückt. Wer von ihnen beiden war verrückt. Sie brach in Tränen aus.

„Ist schon gut, Lottchen. Du bist ja eiskalt. Ich lass dir ein schönes heißes Bad ein." Während das Badewasser lief, knipste Hannes den Lichtschalter in der Diele aus und zündete alle Teelichter an. Charlotte stand mit hängenden Armen daneben. Als sie in der Wanne lag, massierte Hannes sie sanft und zärtlich mit duftendem Badeschaum.

Charlotte entspannte sich ein wenig. Plötzlich drückte er ihren Kopf nach vorn, drückte ihn unter Wasser. Charlotte strampelte mit den Beinen, riss die Arme hoch, bekam Seifenlauge in die Luftröhre. Dann konnte sie plötzlich wieder atmen. Während sie hustete und keuchte, wusch Hannes ihr die Haare, sanft und zärtlich. Mit der Dusche spülte er den Schaum ab. Als Charlotte endlich das Wasser aus den Augen gewischt hatte und wieder richtig sehen konnte, stand Hannes mit dem Lockenstab in der Hand über ihr. Der Stecker des Lockenstabs steckte in der Steckdose über dem Waschbecken.

Charlotte schrie. Sie rettete sich über den Wannenrand und floh aus dem Badezimmer. Sie hörte den Lockenstab zu Boden fallen. Er rollte einmal hin und her. Rollte. Hin und her. Charlotte rannte ins Schlafzimmer, warf sich auf den Boden und schaute unter das Bett. Sie griff nach der leeren Champagnerflasche und richtete sich auf. Hannes stand in der Tür. Der Ärger über seinen Fehler war ihm anzusehen.

„Gib sie mir, Lottchen!" Er kam näher, immer näher. Er streckte ihr die Hände entgegen.

„Hier, Hansi!" Mit aller Kraft schlug sie zu. Sie sah sein Blut spritzen, die Flasche in Scherben zerspringen, und sie sah ein bisschen graue Gehirnmasse durch den Spalt, den sie in seinen Schädel geschlagen hatte.

Hannes torkelte, griff nach ihr. Sie riss sich los, lief aus dem Schlafzimmer in den nächsten Raum, dessen Tür offenstand. Sie war wieder im Bad. Die Teelichter flackerten. Die Tür wurde hinter ihr geschlossen. Der Schlüssel drehte sich von außen. Sie hörte, wie etwas über den Boden ratschte, hörte Hannes ächzen. Er hatte die schwere Truhe vor die Badezimmertür geschoben.

„Du wirst sterben!", schrie sie und schlug mit den Fäusten an die Tür. Sie hörte ihn kichern und fallen.

„Du auch, Lottchen!"

Sie drehte sich um, ließ sich zu Boden sinken. Die Teelichter brannten ruhig, stahlen ihr die Luft zum Atmen.

Ingeborg Struckmeyer arbeitete als Diplom-Bibliothekarin und hat diverse Schreibseminare besucht. Die gebürtige Bottrop perin lebt heute in München und hat bereits mehrere Kurzkrimi- und Kurzgeschichtenpreise gewonnen. Neben zahlreichen Texten in Anthologien und Zeitschriften hat sie zwei Bücher veröffentlicht, derzeit arbeitet sie an einem Kinderkrimi. Sie ist Mitglied bei den Sisters in Crime und im Syndikat, einer Vereinigung deutschsprachiger Krimi-Autoren.

Amber Rusalka Reh

Brieffreunde

L aura zuckte zusammen, als das Telefon „Die lustigen Weiber von Windsor" spielte. Sie starrte es einige Sekunden lang an, ging dann quer durch das Wohnzimmer und nahm das Gerät von der Station. Erleichtert erkannte sie die 7283492 auf dem Display. Sie ließ sich in einen Sessel fallen und drückte die Taste mit dem grünen Hörersymbol.

„Hallo?", sagte sie vorsichtig.

„Es ist Mama, Schätzchen."

Mutters Stimme schnarrte seltsam. Vielleicht lag es an der fehlenden Telefonschnur.

„Siehst du, es ist ganz einfach, oder?!"

Laura schwieg, lehnte sich aber tiefer in die weiche Lehne des Sessels und zog die nackten Beine unter sich. Es war schon jetzt, am Morgen um zehn, drückend heiß. Der Kalender mit den Katzenfotos zeigte August.

„Was soll ich dir heute mitbringen, mein Engel?"

Laura löste ihre Augen vom Kalenderblatt und seufzte. Sie nahm den Einkaufszettel vom Glastisch und begann, Mutter die Liste vorzulesen.

„In zwei Stunden bin ich spätestens bei dir, mein Herz. Wirst du dich bis dahin schön beschäftigen?"

„Ja, Mama", flüsterte Laura, die nicht wollte, dass die Nachbarn sie hörten. Sie ließen den gesamten Sommer über die Balkontür offen stehen, die gleich neben Lauras Balkon lag, der zwar sorgfältig verschlossen war, aber man konnte nie wissen. „Vielen, vielen Dank."

Sie drückte die Taste mit dem Hörersymbol, das mit einem roten Balken unterstrichen war. Als sie das Telefon auf die Station zurückstellte, erklang eine Melodie, die sie an das Bellen eines Hundes erinnerte, der glücklich war, wieder nach Hause zu kommen.

Die Annonce hatte sie vor zwei Monaten aus der Zeitung ausgeschnitten und einige Tage unter den Suppenschüsseln im Küchenschrank versteckt, wo Mutter nie nachsah, weil Laura und sie eigentlich nie Suppe aßen. Schließlich hatte Laura eines Morgens den rechteckigen Papierschnipsel wie eine Diebin hervorgeholt, glattgestrichen und neben sich auf den Schreibtisch gelegt.

„Lieber Unbekannter", schrieb sie in ihrer aufrechten, druckreifen Handschrift.

„Lieber Unbekannter,

ich nehme Bezug auf Ihre Anzeige vom 8. Juni 2004 im Tageblatt, in der Sie so freundlich waren, einige Angaben zu Ihrer Person zu machen. Sie geben an, in Briefkontakt treten zu wollen mit einer Frau, um diese besser kennenzulernen. Ich möchte mich hiermit gerne als Ihre Brieffreundin anbieten, denn es liegt mir genauso fern wie Ihnen, unvorbereitet in direkten Kontakt zu treten mit einem Unbekannten."

Laura legte den Füller beiseite und merkte, dass ihre Mundhöhle trocken geworden war. Ihr Herz pochte schneller. Sie stand auf, um sich Orangensaft aus dem Kühlschrank zu nehmen. Es war keiner mehr da. Sie musste auf Mutter warten. Bald würde sie kommen und die Einkäufe bringen, wie jeden Tag. Sie setzte sich wieder hin.

„Mein Name ist Sonja", schrieb sie, zögerte dann, aber nur kurz. „Ich bin vierundzwanzig Jahre alt und arbeite als Reiseverkehrskauffrau in einem Büro in der Stadt. Dummerweise liegt mein Arbeitsplatz ziemlich weit entfernt von meiner Wohnung, sodass ich jeden Tag eine Stunde hin und eine Stunde zurück mit der Straßenbahn und dem Bus unterwegs bin."

Eine Fliege summte dicht an Lauras Ohr vorbei, und sie duckte sich reflexartig auf die Höhe der Schreibtischplatte. Ihr Herz schlug jetzt noch wilder als eben. Sie fürchtete sich vor Fliegen. Ihr Brummen war laut, und sie kamen Laura nahe. Fünf Minuten später, als die Fliege sich in Richtung Flur entfernt hatte, setzte sie sich wieder aufrecht hin.

„Sie sehen, ich habe durch diese Fahrten viel Zeit, die ich zum Lesen von Büchern nutze oder auch nur, um aus dem Fenster zu sehen und das Treiben der Menschen zu beobachten."

Laura schloss die Augen und stellte sich vor, was sich abgespielt hatte, als sie das letzte Mal mit einer Straßenbahn gefahren war. Wann war das gewesen? Im Sommer auf jeden Fall, ja, es war der Sommer vor zwei Jahren.

„Ich bin im Übrigen gerne in der Natur, wie Sie selbst es auch von sich sagen", fuhr sie fort und bemerkte ein stilles Aufkeimen von Leichtigkeit, „und ich liebe, wie Sie, das Theater. Letzte Woche habe ich mir ‚Die Möwe' von Tschechow im Schauspielhaus angesehen. Es war großartig, sehr fein gespielt. Mögen Sie Tschechow?

Ein Foto von mir mitzusenden ist augenblicklich leider nicht möglich. Aber ich will mich bemühen, in Zukunft eines beizufügen, wenn Sie überhaupt Interesse an meiner Person aufbringen können. Bitte senden Sie Ihre eventuelle Antwort an folgende Person: Laura Martin, Käthe-Kollwitz-Straße 46, Leipzig. (Ich habe triftige Gründe für diese Maßnahme und bitte Sie freundlich, dies zu akzeptieren.)

In Vorfreude auf Ihre Antwort verbleibe ich bis dahin,
Sonja Toussaint."

Der Brief gefiel Laura, und sie selbst gefiel sich in dem Brief. Die Sache mit der fremden Adresse webte sogar einen Hauch von Geheimnis um ihre Person. Ihre Wange auf die linke Hand gestützt, kritzelte sie auf ein zweites Blatt: Sonja Toussaint, Sonja Toussaint, Sonja Toussaint, bis der Name ihr leicht von der Hand ging und sie ihn glaubte.

„Schätzchen! Mama ist da, hilf ihr schnell mit all den Sachen!"
Sie hatte nicht gehört, dass sich Mutters Schlüssel im Schloss gedreht hatte, so sehr war sie in Tagträumen gefangen gewesen. Laura

rollte mit den Augen, rieb sich mit beiden Händen über das Gesicht und holte tief Luft. Sie hievte sich aus dem Sessel, aus dem sie seit dem Telefonat nicht aufgestanden war, und folgte Mutter in die Küche, wo diese gerade vier pralle Plastiktüten abstellte und anfing, ihren Inhalt in Schränke und das Eisfach zu verteilen. Laura griff nach einem Tetrapack mit Tomatenpüree und stand damit unschlüssig zwischen den Einbauschränken herum.

„Lass nur, Liebes." Mutter küsste sie auf die Wange und nahm ihr das Päckchen aus der Hand. „Ich mach das schon."

Laura lehnte sich an die Fensterbank. Der eben noch milchige Morgenhimmel war jetzt tiefblau. Man konnte sich darin mit den Augen verlaufen, dachte sie. Regelrecht verirren und nie wieder zurückfinden. Immer da draußen bleiben, im Blau.

„So, mein Herz, das war's."

Laura sah, wie Mutter die Plastiktüten faltete und unter der Spüle auf einen Stapel legte. Dann streckte sie Laura eine Hand entgegen und strahlte sie an. Sie nahm sie, lächelnd, und ließ sich von Mutter ins Wohnzimmer ziehen, wo diese sich auf das beigefarbene Sofa setzte und mit den Handflächen auf ihre Oberschenkel klopfte. Obwohl Laura in den vergangenen zwei Jahren, wie ihr schien, an Gewicht zugenommen hatte, wollte Mutter nach wie vor, dass sie auf ihrem Schoß saß, wenn sie miteinander sprachen. Es schien ihr nichts auszumachen, trotz ihrer Krampfadern, über die sie, besonders im Sommer, klagte.

„Gefällt dir dein neues Telefon?", fragte sie und strich Laura über ihr langes Haar, das sie unbedingt würde waschen müssen, weil es strähnig war und man es schon seit Tagen riechen konnte.

„Ja, die Melodie, sie ist irgendwie lustig", antwortete Laura.

Mutter schmunzelte, so, wie sie es immer tat, bevor sie Laura aufklären wollte über etwas, das zu wissen wohl wichtig war.

„Deutsche Oper", sagte sie zärtlich, „von Nicolai. Ich verehre Biedermeier-Opern."

Sie drückte Lauras Oberkörper nach hinten und hielt sie nun in ihrem Arm, als sei sie ein riesiger Säugling. Laura spürte Mutters Brust an ihrer Wange, warm und weich. Ihr Parfüm legte sich wie ein Schleier aus schwerer Gaze auf Lauras Atem.

„Dein Vater verabscheute die Oper!" Mutters Körper wurde fester unter Lauras Rücken. „Er verabscheute alle: Verdi, Donizetti, Bizet, Wagner, Mozart, Rossini. Nicht einmal Puccini konnte ihn locken, nicht einmal diese peinliche Musik für einfachste Gemüter gefiel ihm, deinem Herrn Vater!"

Mutter rieb mit der Hand fest an Lauras Seite entlang, auf und ab, auf und ab. Es tat beinahe weh.

„Hochtrabend fand dein Vater das! Hochtrabend! Puccini!" Sie lachte gellend auf. Dann sah sie Laura direkt in die Augen. „Dieser einfältige, grässliche Mensch, wie hat er mich gequält." Tränen sammelten sich in ihren Augen und rollten im nächsten Augenblick der Reihe nach über ihre fetten Wangen. Sie nahm Laura heftig in beide Arme, verbarg den Kopf an ihrem Hals und schaukelte hin und her.

„Lieber Norman,

über Ihre Post habe ich mich wieder sehr gefreut, und ich erwarte diese inzwischen jeden Tag sehnlichst. Sie schreiben wunderbar.

Inzwischen ist es August geworden, und meine Wochenenden verbringe ich am liebsten im Park, der unweit meiner Wohnung verläuft. Es gibt dort Flächen mit riesigen angelegten Beeten, mit Blumen so bunt, dass man ein Schmetterling sein möchte, um sie alle einzeln zu würdigen! Mögen Sie Blumen?

Auf der Arbeit habe ich überaus viel zu tun, denn alle wollen plötzlich doch noch verreisen, sozusagen auf die letzte Minute (deshalb sagen wir in unserem Fach ja auch „last minute"). Es ist von Vorteil, dass ich selbst schon so viele Reisen gemacht habe, weil ich dadurch die Kunden gut beraten kann. Sie sind oft erstaunt, wie genau ich Auskunft gebe! Verreisen Sie diesen Sommer noch?

Sie haben noch einmal nach einem Foto gefragt. Es tut mir leid, immer noch keines geschickt zu haben, Sie müssen sich sorgen, dass ich vielleicht unansehnlich bin und mich meiner schäme. Aber seien Sie unbesorgt. Meine Freunde sagen, dass ich ‚schön' sei. Ich finde das zwar nicht, aber erschrecken müssen Sie keinesfalls. Ihr Portrait, auf dem Sie elegant und liebenswürdig aussehen, habe ich auf meinen Schreibtisch gestellt.

Sonntag habe ich die Oper besucht. Man spielte Puccini, natürlich eher Musik für einfache Gemüter, wie Sie sicher wissen, aber nun ja. Ein Freund lud mich dazu ein, da wollte ich nicht unhöflich sein. Schreiben Sie mir. Bald!

Ihre Sonja."

„Lieber Norman,

wie habe ich mich gefreut, als die Blumenpostkarte durch den Briefkastenschlitz meiner Wohnungstür fiel! Ein Foto von rosaweißen Lilien! Habe ich denn geschrieben, dass ich Lilien so gern habe? Sie fragten, ob Sie mir Blumen schicken dürfen. Das ist so freundlich von Ihnen, aber ich bin doch den ganzen Tag nicht zu Hause, sodass niemand sie in Empfang nehmen könnte!

Sie schlagen auch vor, dass wir uns nun einmal treffen könnten. Natürlich, es wäre einfach, denn wir leben in derselben Stadt. Wir betrachten wahrscheinlich denselben Himmelsausschnitt, haben Sie das je bedacht? Sie haben recht, wir haben inzwischen etwa zwölf Briefe voneinander, da könnte man es wagen, sich vis-à-vis kennenzulernen. Leider habe ich aber kurzerhand noch einen Urlaub eingeplant. Gleich übermorgen geht es los. Ich fliege nach Kreta, last minute, wie finden Sie das? Eine Kollegin wird mich begleiten, und wir haben vor, uns so viel wie möglich anzusehen.

Ich weiß: Goethe sagt im Wilhelm Meister, dass, um zu begreifen, dass der Himmel überall blau ist, man nicht um die Welt zu reisen brauche. Ich tue es dennoch, denn ich muss unbedingt einmal raus aus dem Immergleichen. Das verstehen Sie sicher.

Werden Sie mir nachsehen, wenn ich keine Zeit finde, Ihnen von Kreta aus zu schreiben? Wir bleiben zehn Tage."

„Hier ist es sehr schwül, und ich verabscheue die Fliegen, die es bei der Hitze überall gibt. Verabscheuen Sie Fliegen?

Ich grüße Sie von Herzen,
Sonja."

Laura stieg aus der Dusche. Mutter würde ärgerlich sein, wenn sie bemerkte, dass Laura sich schon wieder die Haare gewaschen hatte.

„Ich will", sagte sie, „dass dein Haar nach dir riecht, nicht nach irgendeinem Shampoo." Und wenn Laura protestierte, dass ihr Haar bereits aussähe, als sei es nass, erwiderte Mutter: „Ich mag dich so, wie du bist, mein Schatz."

Ihr Blick fiel in die verspiegelten Kacheln an der Wand. Sie war fett geworden, ja, fett, es ließ sich nicht leugnen. Schenkel, Hüften, Bauch sahen aus, als habe sie jemand aufgepumpt. Ihre Brüste hingen darüber groß und müde herab.

Die nassen Haare mit einem Handtuch rubbelnd, ging sie ins Wohnzimmer und sah aus dem Fenster. Wieder ein Tag mit stahlblauem Himmel. Keine Wolke zum Festhalten, kein Stern. Mauersegler kreischten und flogen ihre halsbrecherischen Parcours, und ihr wurde schwindelig bei diesem Anblick. Hastig setzte sie sich in ihren Lieblingssessel, in dem sie sich aufgehobener fühlte als auf dem geräumigen Sofa, nahm eine Hand voll Kartoffelchips aus der Tüte von gestern Abend und begann, systematisch zu kauen.

„Ich habe Mutter", dachte sie. „Und ein bisschen habe ich jetzt auch Norman." Sie griff unter das dicke Polsterkissen des Sessels und zog das Foto von Norman hervor. Er sah intelligent aus, gebildet, er bewies das allein dadurch, wie er sie ansah. Ungefähr so hatte Laura sich als kleines Mädchen ihren Vater vorgestellt.

In letzter Zeit, das merkte sie, wurde Mutter immer vorsichtiger ihr gegenüber. Laura hatte eines Morgens im Juni den Versuch gemacht, einen Schritt auf den Balkon hinauszuwagen, nur die Türschwelle hatte sie überschreiten wollen, zum ersten Mal seit zwei Jahren. Noch während sie sich mit beiden Händen an das Holz des Türrahmens klammerte und sich Mut zuflüsterte, „du schaffst das, komm, es ist nur ein kleines Schrittchen, dann kannst du sofort umkehren, wenn du willst", schloss Mutter die Wohnungstür auf. Sie ließ die Einkaufstüten mit einem dumpfen Schlag fallen, stürzte auf Laura zu und zerrte sie mit beiden Händen zurück ins Wohnzimmer.

„Nicht, Kind, oh nicht!", heulte sie, und das Entsetzen in ihrem Gesicht war grell und ohne Geräusch.

Bevor sie an diesem Tag von Laura fortging, schloss Mutter die Balkontür mit einem Schlüssel ab und behielt ihn fortan bei sich. Die Blumen verwelkten in den Kästen, aber Laura und sie verloren kein Wort darüber.

„Lieber Norman,
hier bin ich, zurück aus Kreta! Haben Sie meine Briefe vermisst? Ich die Ihren sehr. Eine Karte zu schicken wäre unsinnig gewesen: Die Post streikte auf der Insel. Und die Müllabfuhr streikte! Tagelang lagen die Müllsäcke wie aufgereihte Soldaten in der sengenden Hitze auf den Straßen von Rhétimnon. Es stank bestialisch. Besonders die Fleisch- und Milchreste. Die Fliegen waren das Schlimmste, sie vermehrten sich stündlich, das Summen wurde lauter und lauter. Meine Kollegin und ich haben mehr gelitten als uns erholt, und wir denken nun: Schwamm drüber, vergessen wir das Ganze! Können Sie sich vorstellen, dass ich regelrecht gern wieder zu Hause bin? Was für ein Urlaub!

Wie ist es Ihnen in der Zwischenzeit ergangen?

Ich habe auf Kreta einen Entschluss gefasst: Wir sollten uns endlich sehen. Ja, ich möchte Sie sehen, keine Ausflüchte mehr, keine Vertröstungen auf später.

Damit Sie nach dieser langen Zeit endlich wissen, wie ich aussehe, lege ich Ihnen ein Foto aus dem Urlaub bei. So wissen Sie, was Sie hier erwartet. Wäre Ihnen der kommende Sonntag um fünfzehn Uhr bei mir zu Hause recht?

Ich bin sehr aufgeregt.

Ihre Sonja in Erwartung Ihres Besuches."

Laura blätterte in der Modezeitschrift, die Mutter gestern dagelassen hatte, und blieb an einem Bild hängen, auf dem eine junge, brünette Schöne in einem orange-gelb geblümten Bikini melancholisch am Stamm eines Baumes lehnte und auf den Ozean hinausschaute. Auf der rechten unteren Ecke der Seite las sie: „Model: Tamara; Bikini, Sisley, 69 Euro". Eine gewisse Ähnlichkeit mit mir hat sie, dachte Laura und lenkte die Schere entschlossen um die Szene herum. Das Bild schob sie vorsichtig in ein Passepartout: Jetzt war die Rückseite mit der Schrift verdeckt. Mit schief gelegtem Kopf betrachtete sie ihr Werk. Es war perfekt. Norman würde staunen. Und bis Sonntag konnte sie noch drei bis vier Kilo abnehmen, wenn sie ab heute nichts mehr zu sich nahm.

„Aber, Schätzchen, warum willst du in Gottes Namen abnehmen?"

Mutters Stimme klang schrill. Sie lächelte, aber es war nur ihr Mund, der sich verzog, die Augen blieben unruhig und dunkel. Sie klopfte auf ihre Schenkel, und Laura folgte dieser Geste seufzend.

„Weil ich fett geworden bin, Mama, siehst du das nicht?", antwortete sie, während sie den Arm um Mutters Schultern schlang.

Mutter legte den erhobenen Zeigefinger auf Lauras Lippen.

„Schschsch...", machte sie. „Du bist meine Hübsche, meine Allerschönste, Laura, Liebes." Neckisch kniff sie Laura in die schlaffe Brust. „Du hast nicht zugenommen, kein Gramm, das bildest du dir bei Gott nur ein."

„Lass Gott aus dem Spiel, Mama."

Mutter blickte gekränkt aus dem Fenster, und Laura fühlte sich augenblicklich schuldig. Sollte Mutter vielleicht recht haben? Eine Waage besaß sie schließlich nicht, sodass sie auf ihr Spiegelbild in den Badezimmerkacheln vertrauen musste. Aber Mutter sah Laura fast genauso oft an, wie sie sich selbst in den Kacheln sah. Sie war ihr Spiegel.

Sie küsste Mutter auf den Scheitel.

„Es tut mir leid, Mama", flüsterte sie, und Mutters Augen, die sie von unten herauf ansahen, waren wieder rein und warm.

„Summertime, and the living is easy, fish are jumping and the cotton is high."

Laura hielt sich das rote Sommerkleid vor den Körper und tanzte mit kleinen Bewegungen durch das Schlafzimmer hinüber ins Bad. Vor den Spiegelkacheln hielt sie inne und betrachtete sich. Ja, dachte sie zufrieden, das trage ich am Sonntag, wenn Norman kommt. Das wird ihm gefallen.

„Your Daddy's rich", tanzte sie aus dem Bad wieder hinaus zurück ins Schlafzimmer, „and your Ma is good looking". Sie warf das Kleid auf ihr zerwühltes Bett mit dem fleckigen Laken. „So hush, little baby, don't you cryhy!"

Im Kleiderschrank fand sie eine angebrochene Flasche Chanel No. 5, aber sie konnte sich nicht erinnern, von wem sie die einmal bekommen hatte. Vor sich hinsummend, tupfte sie sich einen Tropfen hinter jedes Ohrläppchen und an den Hals, verschloss den Flakon und warf ihn neben ihr Kleid auf das Bett. Norman würde die Marke mit Sicherheit erkennen. Er war das, was man einen „Mann von Welt" nannte. Stolz erfüllte Laura, als sie sich darüber klar wurde, dass dieser Mann, dass Norman vielleicht jetzt, in diesem Augenblick, auch an sie und ihr bevorstehendes Treffen am Sonntag dachte. Vielleicht mit derselben Aufregung im Herzen und mit demselben Lächeln auf dem Gesicht. Aber das Schönste war: Sie empfand keine Angst. KEINE ANGST. Nur Freude, Glück, ein Kitzeln in allen Gliedern fühlte sie! Mit einem Jauchzer ließ Laura sich vornüber auf das Bett fallen und umarmte ungestüm ihr Kopfkissen. Dann träumte sie sich davon.

„Laura?"

Sie erschrak tief, weil sie die Stimme plötzlich so nahe an ihrem Ohr hörte. Langsam hob sie den Kopf. Mutter kniete auf ihrem Bett. Oh Gott, Mutter. Sie hatte Mutter vergessen. War sie schon lange in der Wohnung, in ihrem Schlafzimmer?

„Laura!" Sie hielt etwas in der Hand und wedelte damit vor Lauras Gesicht herum. Sie nannte sie sonst fast nie bei ihrem Namen, nur wenn sie böse auf Laura war. Sehr böse.

Laura setzte sich auf. Das Kitzeln in ihrem Körper war mit einem Mal ausgelöscht. Sie war ein stumpfer Klumpen Fleisch, ein Berg aus Blut, Wasser, Knochen, Eingeweiden. Mehr nicht. Sie roch den Alkohol des alt gewordenen Parfüms und sah das Kleid mit dem zerrissenen Saum neben sich auf dem Bett liegen.

Mutter hatte die Briefe gefunden.

„Wie konntest du mich so täuschen?"

Mutters Tränen waren riesig. Wie Murmeln, dachte Laura, ich habe noch nie so große Tränen gesehen.

„Antworte!"

„Ich ...", begann Laura und verstummte wieder.

„Ja, du, DU, immer nur DU!", zischte Mutter mit gebrochener Stimme. „Ich wollte, dass du anders wirst als dein Vater, aber du bist genauso verlogen wie er, nein, schlimmer, du bist das Verlogenste, was mir je begegnet ist!"

Laura senkte den Kopf und schwieg. Ihre Hände lagen mit den Handrücken nach unten schlaff in ihrem Schoß, und als wolle sie die Zukunft herausfinden, starrte sie auf den Verlauf der Linien in ihren Handflächen. Sie war zu weit gegangen, das hatte sie längst geahnt.

Ach, Norman.

Wie sehr sie Mutter verletzt hatte.

Nie mehr würde es zwischen ihnen sein wie früher. Nie mehr. Nie.

„Mama", Laura begann zu weinen, „ach, Mama, ich mach es wieder gut!"

Die Briefe, die Mutter wie einen Fächer gehalten hatte, fielen aufs Bett. Warum hatte Laura sie nicht in die Toilette geworfen? Sie wusste ohnehin auswendig, was darin stand.

Als Mutter sie im Arm hielt, weinten sie beide sehr still, so, als sei ihnen ein lieber Verwandter gestorben.

„Vielleicht", sagte Laura irgendwann zaghaft, „vielleicht wäre es viel schlimmer gewesen, wenn ich die Briefe abgeschickt hätte, Mama."

Mutter lachte auf.

„Aber wie denn, mein Engel", sagte sie, „dafür hättest du sie zum Briefkasten tragen müssen, und der Briefkasten ist draußen."

Sie strich Laura eine vom Weinen feuchte Haarsträhne hinter das Ohr.

„Lieber Norman,

es ist alles anders gekommen, als ich absehen konnte. Nicht nur der Sonntag, dem ich schon so freudig entgegengeblickt habe, muss ausfallen – auch unsere Brieffreundschaft, die wie ein strahlender Lichtpfeil in meinem Leben des ewigen Gleichklangs gewesen ist, muss an dieser Stelle enden, und ich bitte um Ihr Verständnis. Meine Mutter ist sehr krank geworden. Ich bedaure, Ihnen bislang nicht von meiner Mutter erzählt zu haben, ist sie doch eine herzensgute, zurückhaltende Frau, die sich ihr Leben lang für mich aufgeopfert hat. Ich liebe sie aus ganzem Herzen, und nun endlich ist es an mir, mich für das, was sie für mich getan hat, zu revanchieren. Nächste Woche nehme ich sie bei mir auf. Wie es aussieht, werde ich sie rundum pflegen müssen. Aber ich tue dies aus der vollsten Überzeugung und mit der Kraft derer, die wahrhaftig lieben.

Ihnen von meinem Leben zu erzählen, war mehr als nur ein Spaß für mich. Es hat mein Leben bunt gefärbt wie die Blumen im Park. Ich war zwei Monate lang ein Papillon. Aber nun ist es vorbei, und ich verabschiede mich mit fröhlichem Herzen von Ihnen.

Behalten Sie mich in guter Erinnerung,

Immer Ihre

Sonja Toussaint."

Den beschriebenen Bogen faltete sie und ließ ihn wie zufällig auf der Sessellehne liegen, so dass Mutter ihn finden musste. Dann griff sie unter das Sesselpolster, zog das Foto des gutaussehenden Mannes darunter hervor, das sie vor einigen Wochen aus einer Zeitschrift herausgeschnitten hatte, küsste es, stopfte es sich in den Mund und begann, systematisch zu kauen.

Das Schlucken stimmte sie heiter, und als sich Mutters Schlüssel im Schloss drehte, sang Laura:

„Summertime, and the living is easy ... so hush, little baby, don't you cryhy."

Amber Rusalka Reh wurde 1970 in Australien geboren, studierte in Köln Kunsttherapie, arbeitete bis 2000 als Therapeutin. Seitdem verdient sie ihr Geld als freie Schriftstellerin, Ghostwriterin, Komparsin und Literatur-Rezensentin. Sie publiziert regelmäßig Lyrik- und Prosa-Texte in Zeitschriften und Anthologien. Die Wahlleipzigerin gewann 2005 den Debütpreis des Poetenladens.